ELECTRA

DRAMA EM CINCO ATOS

Benito Pérez Galdós

Tradução: José Duarte Ramalho Ortigão

Título Original:
Electra
Galdós, Benito Pérez, 1843 - 1920

Tradução: José Duarte Ramalho Ortigão

ISBN: 9798491321896
Independently published

facebook.com/DyingTreeBooks

SUMÁRIO

INTRODUÇÃO

Electra é a obra com a qual Benito Pérez Galdós conseguiu convulsionar o presente de uma sociedade espanhola letárgica pela religiosidade e alheia às mudanças políticas e às descobertas científicas. Sua representação supôs uma verdadeira revolução literária e política.

A peça, em cinco atos, estreou em Madrid em 30 de janeiro de 1901. Apresenta a versão pessoal do escritor do mito tragado por Ésquilo, Sófocles e Eurípides. Sua abordagem foi um argumento duro contra os poderes da Igreja e as ordens religiosas a seu serviço.

Galdós explicou em entrevista sobre a obra: *Em Electra pode-se dizer que condensei a obra de toda a minha vida, meu amor pela verdade, minha luta constante contra a superstição e o fanatismo, e a necessidade de esquecer nossas infelizes rotinas, convenções e mentiras, que nos desonram e rebaixam perante o mundo civilizado, pode-se realizar a transformação de uma nova Espanha que, apoiada na ciência e na justiça, resista à violência da força bruta e às insidiosas e maldosas sugestões sobre as consciências.*

Galdós, com a *Electra*, abalou a sociedade espanhola de 1901 e, juntamente com o retrato feito daquela Espanha, que em alguns aspectos, muitos, é a de hoje, conseguiu, entre outras coisas, que o novo governo da época ficou conhecido como *Gabinete Electra.*

Cem anos depois, o que é maravilhoso em Galdós é descobrir a força de um criador que é ao mesmo tempo notário de seu tempo. E, como com a análise constante e quase diária que faz nos seus *Episódios Nacionais*, em *Electra* consegue registar a consciência do país, o predomínio das velhas classes dominantes, mas também das novas classes emergentes chamadas a construir o futuro. *Electra* é ao mesmo tempo uma história de paixões, de situações opressivas, de conflitos políticos incipientes. Nele vemos retratada a mulher do século XIX já condenada à modernidade imparável do século XX. É um afresco ideológico da classe dominante com sua preguiça e vulnerabilidade. Em *Electra* encontramos a manifestação da firme vontade de estabelecer o realismo nas artes cênicas — seguindo a corrente dos movimentos europeus — bem como a mais verdadeira dissecação da sociedade da Restauração. É uma cosmogonia de diferentes ritmos que orientam os personagens em seu caminho para um futuro melhor, um futuro de grandes personagens.

ELECTRA

DRAMA EM CINCO ATOS

ATO PRIMEIRO

Sala sumptuosa no palácio dos senhores de Garcia Yuste. À direita, saída para o jardim. Ao fundo, comunicação para outras salas do palácio. À direita, no primeiro plano, porta dos quartos d'Electra.

CENA I

MARQUÊS E JOSÉ

José

Estão no jardim... Vou dar parte.

Marquês

Espera lá. É esta a primeira visita que faço aos senhores de Garcia Yuste no seu palácio novo... Deixa-me dar uma vista d'olhos... Está n'um grande pé... Bem hajam os que tão bem empregam o seu dinheiro! Porque não é somente o seu estado de casa, é o bem que fazem, o generosos que são em obras pias...

José

Oh! lá isso...!

Marquês

E tão mentidos consigo! tanto da paz e do sossego do lar!... Ainda que, segundo cuido, há novidade agora na família...

José

Novidade? Ah! já sei... Quer o sr. Marquês referir-se...

Marquês

Escuta, José! Prometes fazer o que eu te peça?

José

Já o sr. Marquês sabe que eu me não esqueço nunca dos quatorze anos que servi na sua casa... O sr. Marquês manda, não pergunta.

Marquês

Pois venho cá de propósito para conhecer essa interessante senhorita, que os teus amos trouxeram agora d'um colégio de França...

José

A senhorita Electra.

Marquês

Podes dizer-me se os senhores estão contentes com essa nova sobrinha? É pessoa amorável, agradecida?

José

Oh! n'esse particular!... Os senhores morrem por ela... Somente...

Marquês

Quê?

José

A menina é travessasita...

Marquês

A idade!

José

Brincalhona, oh! mas brincalhona, que se não faz uma ideia...

Marquês

Mas diz que é linda, que é um anjo...

José

Um anjo sim, se há anjos parecidos com mafarricos... É que nos põe o sal na moleira a todos cá de casa!

Marquês

Estou morto por conhecê-la!

José

No jardim a encontra o sr. Marquês. É lá que passa as manhãs pondo em redemoinho tudo.

Marquês

(olhando para o jardim) Lindo jardim, belo parque, as velhas árvores do antigo palácio das Gravelinas...

José

É exato.

Marquês

O grande prédio, ao fundo da alameda, é também dos senhores de Yuste?

José

Também. Com entrada pelo jardim e pela rua. Em baixo tem o seu laboratório o sobrinho dos patrões, o senhorito Máximo, primeiro dos trunfos de Espanha nas matemáticas, e... na outra coisa... na...

Marquês

Bem sei... Chamam-lhe o *Mágico prodigioso*... Conheci-o em Londres... ainda a mulher d'ele era viva.

José

Morreu em fevereiro do ano passado... e deixou-lhe dois filhos, dois amores!

Marquês

Ultimamente renovei com ele o meu antigo conhecimento, e, apesar de nos não visitarmos, por certos motivos, somos muito amigos.

José

Também eu gosto d'ele. Ótimo sujeito...!

Marquês

E outra coisa: não estão arrependidos os teus amos de terem metido em casa esse diabretesito?

José

(receoso de que venha gente) Eu direi a V. Ex.ª... Tenho notado... *(Vê vir D. Urbano pelo jardim)* Aí vem o senhor.

Marquês

Põe-te a andar.

CENA II

MARQUÊS E D. URBANO

Marquês

(abrindo-lhe os braços) Querido Urbano!

Urbano

Marquês! ditosos olhos!...

Marquês

E Evarista?

Urbano

Bem... Somente estranhando muito as grandes ausências do Marquês de Ronda...

Marquês

Oh! você não imagina o inverno que passámos...

Urbano

E Virginia?

Marquês

Assim, assim... Sempre achacada, mas reagindo constantemente pela força de uma vontade tenaz, cabeçuda lhe chamarei.

Urbano

Pois ainda bem! ainda bem!... Com quê... quer que desçamos ao jardim?

Marquês

Vamos já! Deixe-me tomar assento, pouco a pouco, na sua casa nova... *(Senta-se)* E conte-me lá, querido, conte-me d'essa menina encantada, que foram buscar ao colégio.

Urbano

Não, não estava já no colégio. Tinha ido para Hendaya, para uns parentes da mãe. Eu nunca fui muito da opinião de a trazer para cá. Mas Evarista empreendeu n'isso... Quer sondar o caráter da pequena, apurar se d'ela se poderá fazer uma mulher em termos, ou se nos estará destinada a vergonha de a ver herdar as tendências da mãe... Você sabe que era uma prima irmã de minha mulher; e escuso de lhe lembrar os escândalos que deu essa Eleutéria desde o ano de 80 a 85.

Marquês

Nem me fale n'isso!

Urbano

Enfim, foi a ponto de que a família, vexada, rompeu com ela de todo e para sempre! Esta menina, agora, cujo pai se não sabe quem seja, criou-se com a mãe até os cinco anos. Depois levaram-a para as Ursulinas de Bayona. Lá, ou por abreviar ou pelo que fosse, puzeram-lhe esse nome, esquisito e novo, de Electra.

Marquês

Novo, propriamente, não. À pobre mãe—coitadita—Eleutéria Dias, todos nós, os íntimos da casa, lhe chamávamos também Electra, em parte talvez por abreviatura, e em parte porque ao pai, militar valente mas assinaladamente desditoso na vida conjugal, tinham posto a alcunha de *Agamêmnon*.

Urbano

D'essa não sabia... Também nunca vivi com eles. Eleutéria, pela fama que tinha, figurava-se-me uma criatura repugnante...

Marquês

Por amor de Deus, querido Urbano, não sejamos farisaicos... Lembre-se que Eleutéria—a quem chamaremos *Electra I*—mudou de vida, aí por 88...

Urbano

E não deu pouco que falar esse arrependimento também. Lá foi morrer a S. João da Penitência, em 95, regenerada, abominando a monstruosa libertinagem da sua vida...

Marquês

(como quem lhe repreende o rigorismo) Deus lhe perdoou...

Urbano

Sim, sim... perdão, esquecimento...

Marquês

E tratam então agora de tentear *Electra II* a ver se inclinará para bem ou se lhe dará para mal... Que resultado vão dando as provas?

Urbano

Resultados obscuros, contraditórios, variáveis de dia para dia, de hora para hora. Há momentos em que ela nos revela qualidades sublimes, mal encobertas pela sua inocência; outros, em que nos aparece como a criatura mais doida a quem Deus deu licença de vir ao mundo. Tão depressa encanta pela sua candura angélica como aterra a gente pelas diabólicas subtilezas que desfia da sua própria ignorância.

Marquês

Natural desequilíbrio da idade, excesso de imaginação, talvez. É esperta?

Urbano

Como a eletricidade em pessoa, misteriosa, repentista, de grande tino. Destrói, transtorna, perturba, ilumina.

Marquês

(levantando-se) Fervo em curiosidade. Vamos vê-la.

CENA III

MARQUÊS, URBANO, CUESTA, pelo fundo

Cuesta

(entra com mostras de cansaço, tira do bolso a carteira de negócios, e dirige-se à mesa) Marquês... Tudo bom por cá?

Marquês

Oh! grande Cuesta! que nos conta o nosso incansável agente?

Cuesta

(senta-se. Revela um padecimento de coração) O incansável... começa a cansar.

Urbano

Homem! e que me dizes da alta d'ontem no Amortizável?

Cuesta

Veio de Paris com dois inteiros.

Urbano

Fizeste a nossa liquidação?

Marquês

E a minha?

Cuesta

Estou com isso... *(Tira papeis da carteira e escreve a lápis)* N'um instante saberão as cifras exatas. Tirou-se todo o partido que se podia tirar da conversão.

Marquês

Naturalmente... Sendo o tipo de emissão dos novos valores 79,50... tendo nós comprado por preço muito baixo o papel recolhido...

Urbano

Naturalmente...

Cuesta

O resultado foi enorme.

Marquês

Querido Urbano, esta facilidade com que se enriquece é positivo que dá o amor da vida e o entusiasmo da beleza humana. Vamos para o jardim.

Urbano

(a Cuesta) Vens?

Cuesta

Preciso de dez minutos de silêncio para pôr em ordem os meus apontamentos.

Urbano

Deixamos-te em sossego. Não queres nada?

Cuesta

(abstraído nas suas contas) Não... quero dizer... Sim: manda-me vir um copo de água. Estou abrasado.

Urbano

Imediatamente. *(Sai com o Marquês para o jardim)*

CENA IV

CUESTA E PATROS

Cuesta

(corrigindo as suas notas) Ah! cá está o erro. Aos de Yuste toca... um milhão e seiscentas mil pezetas. Ao Marquês de Ronda, duzentas e vinte e duas mil... Temos que descontar as doze mil e tanto, equivalentes aos nove mil francos... *(Entra Patros com copos d'água, caramelos e conhaque. Espera que Cuesta termine a sua conta)*

Patros

Ponho aqui, D. Leonardo?

Cuesta

Põe e espera um instante... Um milhão e oitocentos... com os seiscentos e dez... fazem... claro! está certo. Bem bom! bem bom!... Com que então, Patros... *(tira do bolso dinheiro, que lhe dá)* Toma lá!

Patros

Muito obrigado!

Cuesta

E já te aviso que espero de ti um favor...

Patros

Dirá, D. Leonardo.

Cuesta

Pois, minha amiga... *(remexendo um caramelo)* Escuta...

Patros

Não quer conhaque?... Se vem cansado, a água só pode fazer-lhe mal.

Cuesta

Sim: deita um poucochito... Pois o que eu quereria...—Não vás pôr malícia no que a não tem: sentido!—o que eu quereria era falar alguns momentos, a sós, com a senhorita Electra. Conhecendo-me como me conheces, compreenderás de certo que o meu fim é o mais honrado e o mais digno... Mas sempre t'o digo para te tirar todo o escrúpulo... *(Recolhe os papeis)* Antes que venha alguém, poderás dizer-me que ocasião e que lugar será melhor?

Patros

Para dizer duas palavras à senhorita Electra... *(meditando)* terá de ser então quando os senhores estiverem com o procurador... Eu verei.

Cuesta

Se pudesse ser hoje, melhor.

Patros

Ainda cá volta hoje?

Cuesta

Volto. Avisa-me.

Patros

Esteja certo. *(Recolhe o serviço e sai)*

CENA V

CUESTA E PANTOJA, que entra em Cena meditabundo, abstraído, todo vestido de preto

Cuesta

Amigo Pantoja, salve-o Deus! Como vamos?

Pantoja

(suspira) Vivendo, amigo, que é o mesmo que dizer: esperando.

Cuesta

Esperando melhor vida...

Pantoja

Padecendo n'esta o que Deus determine para merecer a outra.

Cuesta

E de saúde que tal?

Pantoja

Mal e bem. Mal, porque me afligem desgostos e achaques; bem, porque me apraz a dor, e me regozija o sofrimento. *(Inquieto, e como dominado por uma ideia fixa, olha para o jardim)*

Cuesta

Que ascético vem hoje!

Pantoja

Olhe que cabecinha de vento a d'aquela Electra...! Lá vae ela de corrida com os pequenos do porteiro, com os dois filhos do Máximo, e ainda com filhos dos vizinhos. Quando a deixam n'aquelas travessuras de criança é que ela é feliz.

Cuesta

Adorável criaturinha! Que Deus a fade bem, para ser uma mulher como se quer!

Pantoja

D'aquela graciosa boneca, d'aquela volúvel menina facilmente se poderia tirar um anjo; da mulher que ela há de ser, não sei.

Cuesta

Não o entendo bem, amigo Pantoja.

Pantoja

Entendo-me eu... Olhe, olhe como brincam... *(Assustado)* Deus de misericórdia! quem é que vae com ela?... Não é o Marquês de Ronda?

Cuesta

Ele mesmo.

Pantoja

Que corrupto homem! Tenório da geração passada não se decide a jubilar-se para não dar um desgosto a Satanás!

Cuesta

Para que mais uma vez se possa dizer que não há paraíso sem serpente...

Pantoja

Para isso não! serpente já tínhamos. *(Passeia nervoso e displicente pela sala)*

Cuesta

E diga-me, passando a outra coisa: teve já notícia do dinheirão que lhes trouxe?

Pantoja

(sem prestar grande atenção e fixando-se n'outra ideia que não formula) Ah! sim, já... Ganhou-se muito.

Cuesta

Evarista completará agora a sua grande obra religiosa.

Pantoja

(maquinalmente) Sim.

Cuesta

E poderá o amigo Pantoja consagrar muito maiores recursos a S. José da Penitência.

Pantoja

Sim... *(Voltando à sua ideia fixa)* Serpente já tínhamos... Que dizia, amigo Cuesta?

Cuesta

Dizia eu...

Pantoja

Desculpe interrompê-lo... Sabe se sempre é certo que o nosso vizinho de defronte, o nosso maravilhoso sábio, inventor e quase taumaturgo, projete mudar de casa?

Cuesta

Quem? Máximo? Acho que sim... Parece que em Bilbau e em Barcelona acolhem com entusiasmo os seus admiráveis estudos para novas aplicações da eletricidade; e lhe oferecem todos os capitães que ele queira para prosseguir nas experiências que encetou.

Pantoja

(meditativo) Oh! capitães eu lh'os daria também, contanto que...

CENA VI

PANTOJA, CUESTA, EVARISTA, URBANO E O MARQUÊS, que veem do jardim

Evarista

(soltando o braço do Marquês) Bons dias, Cuesta. Pantoja, quanto estimo vê-lo! *(Cuesta e Pantoja inclinam-se e beijam-lhe respeitosamente a mão. A senhora de Yuste senta-se à direita; o Marquês em pé ao lado d'ela. Os outros agrupam-se à esquerda falando de negócios.)*

Marquês

(reatando com Evarista uma conversação interrompida) Por este andar a minha boa amiga não somente passa à História mas passa a figurar também no *Ano Cristão*.

Evarista

Não me gabe por coisas em que não há merecimento nenhum, Marquês... Não temos filhos: Deus cumula-nos de riqueza. Temos em cada ano uma herança. Sem trabalho nenhum—nem, sequer o de discorrer—o excesso dos nossos rendimentos, habilmente manejados pelo amigo Cuesta, capitaliza-se sem darmos por isso, e cria novas fontes de dinheiro. Se compramos uma quinta, a subida dos produtos triplica n'esse mesmo ano o valor da terra. Se ficamos senhores de um baldio inteiramente sáfaro, acontece que no subsolo se descobre um jazigo imenso de carvão, de ferro ou de chumbo... Que quer dizer tudo isto?

Marquês

Quer dizer—acho eu—que quando Deus multiplica tantas riquezas sobre quem nem as deseja nem as estima, bem claramente ele está indicando que as concede para que sejam empregadas em servi-lo.

Evarista

É claro. Interpretando-o também assim, eu apresso-me a cumprir a vontade de Deus. O dinheiro que Cuesta nos veio hoje trazer apenas me passará pelas mãos, e com ele completarei a soma de sete milhões consagrados à obra do Santo Patrocínio. E mais farei para que a casa e o colégio de Madrid tenham o decoro e a magnificência adequada a um tão grande instituto. Desenvolveremos também as obras do colégio de Valência e do de Cádiz...

Pantoja

(passando para o grupo da direita) Sem esquecer, minha senhora, a casa dos altos estudos, a sua escola de instrução superior, que virá a ser o santuário da verdadeira Ciência.

Evarista

Bem sabe que é esse o meu constante pensamento.

Urbano

(passando também para a direita) N'isso se pensa n'esta casa de noite e de dia.

Marquês

Admirável, minha querida amiga, admirável! *(Levanta-se)*

Evarista

(a Cuesta, que igualmente tem passado para a direita) E agora, amigo Leonardo, que vamos fazer?

Cuesta

(sentando-se ao lado de Evarista, a quem propõe novas operações) Por hoje nos limitaremos a meter algum dinheiro...

(Pantoja, em pé, coloca-se à esquerda de Evarista)

Marquês

(passeando na Cena com Urbano) Há de permitir, querido Urbano, que, proclamando os merecimentos sublimes da senhora de Garcia Yuste, eu não deite em saco roto os nossos: falo da minha mulher e de mim. Saberá que Virginia já fez a caridade de transferir para as Escravas de Jesus um bom terço da nossa fortuna...

Urbano

Das mais solidas da Andaluzia.

Marquês

E por nosso testamento deixamos tudo a essas senhoras, menos a parte destinada a certos encargos e aos parentes pobres.

Urbano

Ora vejam lá!... Mas, segundo me constou, o Marquês aqui há anos parece que não via com entusiasmo ilimitado que a piedade da Marquesa, minha senhora, se tornasse tão angelicamente dispendiosa...

Marquês

É certo... mas converti-me. Abjurei todos os meus erros. A minha mulher catequizou-me.

Urbano

Exatissimamente o que me sucedeu a mim. Evarista virou-me com o forro de santo para fora.

Marquês

Para conservar a paz e estabelecer a harmonia conjugal, principiei por contemporizar, continuei contemporizando... Pois, meu amiguinho, contemporização foi ela que, a pouco e pouco, cheguei ao que se vê: Sou um escravo... das *Escravas de Jesus*! E não me arrependo. Vivo n'uma placidez beatifica, curado de todas as inquietações da minha vida. E estou já agora a convencer-me de uma coisa: é que a minha mulher não somente salva a sua alma, mas que me salva a minha também!

Urbano

Pois é o que eu igualmente recomendo cá em casa: que não se esqueçam, podendo também ser, de me salvar a mim!

Marquês

Nós, homens, não temos iniciativa para nada.

Urbano

Absolutamente para nada!

Marquês

Verdade seja que ás vezes até o que se chama respirar nos proíbem!

Urbano

Proibida a respiração... Conheço!

Marquês

Mas vivemos em paz.

Urbano

E servimos a Deus sem esforço nenhum. Isso é que é.

Marquês

As nossas mulheres lá vão adiante de nós, por esse bendito caminho da eternidade, pela glória fora; e podemos estar sossegados, que nos não deixam na estrada.

Urbano

Pois! é a sua obrigação.

Evarista

Urbano?...

Urbano

(acudindo pressuroso) Menina...

Evarista

Põe-te à disposição de Cuesta para a liquidação e para a entrega aos padres.

Urbano

Hoje mesmo. *(Cuesta levanta-se)*

Evarista

E outra coisa: faze-me favor de chegar ao jardim, e dizer a Electra que tem já três horas de brincadeira.

Pantoja

(imperioso) Que se venha embora. É brincar de mais.

Urbano

Vou já. *(Vendo vir Electra)* Ela aí vem.

CENA VII

ELECTRA, atrás d'ela MÁXIMO

Electra

(Entra a correr e a rir, perseguida por Máximo, a quem ganhou na corrida. O seu riso é de medo infantil) Bem feito, que não me pilhas!... Enraivece-te, brutamontes!

Máximo

(traz em uma das mãos vários objetos que indicará, e na outra um ramo de choupo, que esgrime como um chicote) Eu te digo se te pilho ou não, selvagem!

Electra

(sem fazer caso dos que estão em Cena, corre a casa com infantil ligeireza e vae refugiar-se no vestido de D. Evarista, ajoelhando-se-lhe aos pés e abraçando-a pela cinta) Estou salva!... Tia, ponha-o fora!

Máximo

Ah! já foges! já tens medo, minha menina!

Evarista

Mas, filha da minh'alma! quando é que terás modos de senhora? E tu, Máximo, és tão criança como ela.

Máximo

(mostrando as coisas que traz) Vejam o que esse demonico me fez. Quebrou-me estes dois tubos... E olhem o estado em que pôs estes papeis, contendo cálculos que

representam um trabalho enorme. *(Mostra os papeis suspendendo-os de alto)* D'este fez uma passarola; este deu-o aos pequenos para pintarem elefantes, burros e um couraçado a atirar balas a um castelo...

Pantoja

Então ela foi ao laboratório?

Máximo

E revolucionou os pequenos... Revolveram-me tudo!

Pantoja

(com severidade) Isso, menina...

Evarista

Electra!

Marquês

(entusiasmado) Electra! Encanto de menina grande! Benditas travessuras!

Electra

Eu não lhe quebrei os tubos. Não há tal! Foi Pepito que lhe fez esse obsequio. Os papéis, sim senhor; fui eu que peguei n'eles, imaginando que não serviam para nada com os hediondos esgaravunhos que tinham.

Cuesta

Basta! haja pazes!

Máximo

Pois vá lá, por esta vez... *(a Electra)* Perdoo-te. Deves-me a vida... Toma lá. *(Entrega-lhe a chibata; Electra recebe-a, e bate-lhe brandamente)*

Electra

Toma agora tu! Esta é pelo que me disseste. *(Batendo-lhe com mais força)* Esta agora pelo que não quiseste dizer-me.

Máximo

Disse-te tudo.

Pantoja

Moderação! juízo!

Evarista

Que te disse ele?

Máximo

Disse-lhe verdades uteis... Que aprenda por si mesma o muito que ainda ignora; que abra bem abertos esses grandes olhos e que os estenda pela vida humana, para que veja que nem tudo é alegria, que há também no mundo deveres, desenganos e sacrifícios...

Electra

Chega o lobisomem! *(Ocupa o centro da Cena, onde todos a rodeiam, menos Pantoja, que se coloca ao lado d'Evarista)*

Cuesta

Nem tudo aplausos!

Urbano

A severidade é precisa.

Máximo

Em severidade ninguém me ganha... Dize: é ou não é verdade que sou severo, e que tu m'o agradeces? Confessa que me agradeces!

Electra

(batendo-lhe de leve) Peste de sábio! Se isto fosse um açoite verdadeiro, ainda com mais alma te batia.

Marquês

(risonho e encarinhado) Electra, veja se me bate em mim também... Faça-me essa esmola!

Electra

Em si não, porque não tenho confiança... Só se for muito de levezinho... assim... assim... assim... *(Toca levemente no Marquês, em Cuesta e em Urbano)*

Evarista

Melhor seria que tocasses piano para esses senhores ouvirem.

Máximo

Quê, se não estuda nada! Só uma coisa se pode comparar à sua grande disposição artística, é o seu espantoso desapego de todas as artes.

Cuesta

Que nos mostre as aquarelas e os desenhos. O Marquês vae ver. *(Juntam-se todos em volta da mesa, menos Evarista e Pantoja, que conversam à parte)*

Electra

Aí sim senhor! *(Procurando a pasta de desenhos entre os livros e as revistas que estão na mesa)* Agora se vae ver se sou ou se não sou uma artista!

Máximo

Forte gabarola!

Electra

(desatando as fitas da pasta) Pois sim! tu a desfazeres e eu a aumentar-me veremos quem pode mais. Ora aqui está, e pasmem! *(Mostrando os desenhos)* Que têm que dizer a estes portentosos esboços de paisagem, de figura, de animais? a estas vacas que parecem pessoas? a estas naturezas mortas que parecem vivas? a estes rochedos que só lhes falta falarem?! *(Todos se extasiam no exame dos desenhos, que passam de mão em mão)*

Evarista

(tendo desviado a atenção do grupo do centro, entabulou conversa intima com Pantoja) Tem razão, Salvador.

Quando é que a não tem? Agora, no caso de Electra, o seu argumento é um clarão que nos ilumina a todos.

Pantoja

Não vá crer que seja a minha pobre inteligência que projeta essa luz. Ela é apenas o resplendor de um fogo intenso que tenho em mim: a vontade! Por meio d'esta força, que devo a Deus, esmaguei o meu orgulho e emendei os meus erros.

Evarista

Depois da confidência que ontem à noite me fez é indiscutível para mim o seu direito de intervir na educação d'essa cabeça de vento...

Pantoja

Para lhe ensinar o caminho da vida, para lhe mostrar o alto fito da nossa misera existência na terra...

Evarista

E esse direito que indubitavelmente lhe cabe, implica deveres iniludíveis...

Pantoja

Quanto lhe agradeço que tão perfeitamente o compreenda, minha senhora e amiga da minha alma! Eu receava que a minha confidência d'ontem, história funesta que reveste de negro os melhores anos da minha vida, me tivesse feito decair da sua estima!

Evarista

Não, meu amigo. Quem é que dentro da humanidade se pode considerar liberto da fraqueza humana? Em si o pecador regenerou-se, castigando a vida com as mortificações do arrependimento, e dignificando-a com a pratica da virtude.

Pantoja

A divina tristeza, o amor da solidão, o convicto desprezo de todas as vaidades do mundo foram a salvação da minha alma. Pois bem: eu não estaria completamente purificado perante a minha consciência se n'esta ocasião não interviesse nos negócios da terra para salvar dos seus perigos a angélica inocência d'essa menina, fatalmente destinada, se lhe não acudirmos, a precipitar-se pelo caminho em que se perdeu a sua desgraçada mãe.

Evarista

A minha opinião é que fale com ela...

Pantoja

A sós.

Evarista

Assim o entendo: a sós. Faça-lhe compreender, o mais delicadamente que possa, a espécie de autoridade que tem...

Pantoja

É todo o meu desejo esse... *(Continuam em voz baixa)*

Electra

(no grupo do centro disputando com Máximo) Deixa-te de sentenças, que tu d'isto não sabes nada! Então não querem ver com a que ele se sai? que o pássaro parece um velho pensativo, e que a mulher faz lembrar uma lagosta desmaiada...

Marquês

Não senhor... Eu acho que está muito bem feito!

Máximo

Às vezes também lhe dá para aí! Quando menos pensa saem-lhe coisas prodigiosamente exatas.

Cuesta

É certo que estas velhas árvores, através das quais se descobre uma triste faixa de mar, ao longe...

Electra

A minha especialidade aposto que ainda nenhum adivinhou qual é?... Pois são os troncos velhos, são os carcomidos muros em ruína. É singular que só pinto bem aquilo que não conheço: a tristeza, o passado, o morto! A grande luminosidade radiante da alegria, da mocidade, não me sai! *(Com pena e assombro)* Sou uma grande artista para tudo que não sou eu!

Urbano

Tem graça.

Cuesta

Esta menina é ótima!

Marquês

É cintilante!

Máximo

Esperemos que lhe venha a reflexão também... a seu tempo...

Electra

(zombando de Máximo) A reflexão! a gravidade! o tempo que há de vir!... É a sombra que sempre me deita este cipreste!... Ora fica sabendo que eu hei de ter tudo isso quando me der para aí... e mais do que tu, meu sabichão!

Máximo

Veremos... veremos isso quando te chegar a vez!

Pantoja

(que não tem dado atenção ao que se passa no grupo) Não posso ocultar-lhe, minha senhora, que me desagrada muito a familiaridade de Electra com o sobrinho do seu marido.

Evarista

Há de se lhe corrigir. Mas no entanto sempre tenha você em conta que este Máximo, que aí vê, é um homem perfeitamente de bem e raramente serio...

Pantoja

Bem sei, minha amiga... Mas nos desfiladeiros da confiança excessiva resvalam os mais sólidos e os mais firmes; uma triste experiência m'o ensinou a mim!

Electra

(no grupo do centro) Eu hei de tomar todo o juízo que eu quiser quando ele me for preciso. Ninguém se põe serio enquanto Deus não manda. Ninguém diz ai ai senão quando alguma coisa lhe doe.

Marquês

Lá isso é verdade!

Cuesta

Um dia aprenderá a ser pratica.

Electra

De certo que sim! No dia em que venha Deus e me diga: "Menina: aqui tens a dor, a dúvida, a responsabilidade, o dever..."

Máximo

E breve o dirá!...

Electra

Para que eu lhe responda!

Evarista

Electra, minha filha, não disparates.

Electra

Tia, é este Máximo... *(passa para o lado de Evarista)*

Urbano

O Máximo tem razão...

Cuesta

Certamente que sim. *(Cuesta e Urbano passam também para o lado de Evarista e de Pantoja, ficando sós à esquerda Máximo e o Marquês)*

Máximo

Então, Marquês, qual é o resultado da sua primeira observação?

Marquês

Encantou-me a rapariga. Vejo que você não exagerava nada.

Máximo

E por baixo do fascinante encanto d'essa inocência não pôde a sua penetração descobrir alguma coisa...

Marquês

Ah! sim... beleza moral, juízo prático... Ainda não tive tempo para isso... Continuo a observar...

Máximo

É que eu—você sabe—consagrado ao estudo desde muito moço, mal conheço o mundo, e os caracteres humanos são para mim uma escrita em que apenas soletro.

Marquês

Pois esse, meu amigo, é o único dos livros em que eu leio de cadeira.

Máximo

Quer vir a minha casa?

Marquês

Com muito gosto. É possível que minha mulher me repreenda se souber que eu visito uma oficina de eletrotecnia, uma escandalosa fabrica de luz. Mas não será de uma severidade que eu não aguente. Posso aventurar-me... Voltarei depois aqui, e com o pretexto de admirar a menina ao piano falarei com ela e prosseguirei os meus estudos.

Máximo

(alto) Vem, Marquês?

Urbano

Então assim nos deixam?

Marquês

Vamos ver o laboratório do nosso amigo.

Evarista

Marquês, estou muito sentida, mas muito, pela sua longa ausência. Quererá descarregar-se de tantos pecados velhos almoçando hoje conosco? É o seu castigo...

Marquês

Aceito-o em desconto da minha culpa e beijo a mão que tão docemente me corrige.

Evarista

Máximo, tu vens também.

Máximo

Se me deixarem livre, virei, de certo.

Electra

Não venhas, homem de Deus, não venhas! *(Com alegria que não dissimula)* Vens? Dize que sim! *(Corrigindo-se)* Não, não: dize que não.

Máximo

Descansa que te não livras de mim! À força hás de ganhar juízo...

Electra

E hás de perdê-lo tu, caturra velho! *(Segue-o com a vista até que sai. Saim Máximo e o Marquês pelo jardim. José entra pelo fundo)*

CENA VIII

ELECTRA, EVARISTA, URBANO, PANTOJA, CUESTA E JOSÉ

José

(anunciando) A senhora Superiora de S. José da Penitência.

Pantoja

Ah! a nossa boa soror Barbara da Cruz...

Evarista

Que entre para aqui. *(Levanta-se)* Espera! Iremos recebê-la ao salão.

Pantoja

Feliz oportunidade! escuso de ir ao convento.

Evarista

Electra, estudar. *(Indica-lhe a sala próxima)*

Cuesta

(despedindo-se) Eu saio e volto logo.

Evarista

Adeus.

Cuesta

(à parte, referindo-se a Electra) Deixam-a só?

Pantoja

(a Electra) Menina! Cultive com esmero a grande arte sagrada. Aplique todo o seu talento ao estudo de Bach... para que se compenetre do admirável estilo religioso. *(Saem todos menos Electra)*

CENA IX

ELECTRA, pouco depois CUESTA

Electra

(entoando uma salmodia de igreja, reúne os desenhos e recolhe-os nas suas pastas) Bach... para que me compenetre do estilo religioso... é bom!... É bom, e é engraçado. *(Canta)*

Cuesta

(entra pelo fundo, recatando-se) Só...!

Electra

(canta algumas notas litúrgicas. Vendo Cuesta) Oh! D. Leonardo...! Cuidei que tinha saído...

Cuesta

(com timidez) Saí mas voltei, minha querida menina. Preciso muito de lhe falar.

Electra

(um poucochinho assustada) A mim!

Cuesta

É um assumpto delicado, extremamente delicado... *(Com fadiga e dificuldade em respirar)* Perdoe-me. Padeço do coração... não posso estar de pé. *(Electra chega-lhe uma cadeira. Senta-se)* Tão delicado este assumpto, que não sei por onde comece...

Electra

Deus meu, que é?

Cuesta

(animando-se) Electra, eu conheci sua mãe.

Electra

Ah! a minha mãe foi bem desgraçada...

Cuesta

Que entende a menina por ser desgraçada?

Electra

Eu... entendo que viveu entre pessoas que a não deixaram ser tão boa como ela queria.

Cuesta

Aí está uma profunda verdade que, sem querer, a menina disse... Lembra-se da sua mãe?... Pensa algumas vezes n'ela?...

Electra

A minha mãe é para mim uma recordação, vaga sim, mas de uma doçura incomparável... uma querida imagem que nunca me abandona... Guardo-a viva no meu coração, que não é mais que uma grande memória, no fundo da qual a procuram sempre os meus olhos ansiosos de vê-la. Minha pobre mamãezinha! *(Leva o lenço aos olhos. Cuesta suspira)* Diga-me, D. Leonardo, quando você conheceu minha mãe era eu muito pequenina...

Cuesta

Era um miminho. Fazíamos-lhe cócegas para a ver rir... o seu riso parecia-me o encanto da natureza, a alegria do universo.

Electra

Aí está, D. Leonardo, aí está porque eu saí tão doida, tão travessa, tão desparafusada... você alguma vez me teria pegado ao colo...

Cuesta

Inumeráveis vezes.

Electra

(sorrindo sem ter acabado de enxugar as lágrimas) E eu não lhe puxava pelos bigodes?

Cuesta

Ás vezes com tanta força que me fazia doer.

Electra

E de certo então me batia nas mãos...

Cuesta

Devagarinho, sim.

Electra

Pois há de crer que talvez que ainda me doam também?

Cuesta

(impaciente por entrar em matéria) Mas vamos ao caso... E antes de mais nada a advirto, minha querida Electra, que é muito reservado o que lhe vou dizer... para nós ambos unicamente.

Electra

Mete-me medo...

Cuesta

Não, não é uma coisa que assuste... Veja em mim a menina um amigo, o melhor de todos os seus amigos; veja n'este ato o interesse mais puro e o mais elevado sentimento...

Electra

(confusa) Sim, não duvido, mas...

Cuesta

Eis aqui porque dou este passo... Com quanto não seja ainda muito velho, não me sinto com corda para longo tempo de vida. Viúvo há vinte anos, não tenho mais família que a minha filha Pilar, já casada e longe. Estou quase só n'este mundo, tenho o pé no estribo para marchar para o outro... E a minha solidão, ai! parece empurrar-me e dar-me pressa... *(Com grande dificuldade de expressão)* Mas antes de partir... *(Pausa)* Electra, quanto pensei em si antes de a trazerem para Madrid!... E desde que chegou, Deus meu, senti—como lh'o direi?... Imagine o mais profundo, o mais puro afeto de um coração, envolvido nos gritos de uma consciência...

Electra

(aturdida) Que grave coisa deve ser essa, a consciência! A minha é, por ora, como um menino que dorme no seu berço.

Cuesta

(com tristeza) A minha é velha e memoriosa. Nem dorme, nem me deixa dormir, assinalando-me sempre, a grandes brados, os erros graves da minha vida.

Electra

Erros graves na vida... você, tão bom...

Cuesta

Bom? Sim... talvez... Bom mas pecador... Enfim deixemos os erros, tratemos dos seus resultados. Eu não quero de nenhum modo que a menina se possa achar ao desabrigo. Não tem fortuna própria, e é duvidoso que a proteção de Urbano e d'Evarista seja persistente e constante. Como havia de consentir eu que um dia se visse pobre, desamparada?

Electra

(com penosa luta entre o seu conhecimento e a sua inocência) Eu não sei se o entendo... não sei se devo entendê-lo.

Cuesta

O mais apropositado será que me entenda, e não o diga; que aceite a minha proteção, e a não agradeça. Vão juntos o meu dever e o seu direito. Por culpa minha, Electra, não se quebrará o fio que une cada criatura na terra, com as criaturas que foram e com as que ainda vivem... E se hoje me determino a resolver este caso é porque... porque há uns tempos me assalta o terror das mortes súbitas. Meu pai e meu irmão morreram como fulminados de raio. A lesão cardíaca, destruidora da família, sinto-a bem aqui: *(indicando o coração)* é um triste relógio que me conta as horas e os dias. Não posso adiar mais... Que me não colha a morte deixando abandonada no mundo a sua preciosa existência! E concluo aqui, pedindo-lhe que tenha como assegurado na vida um bem estar modesto...

Electra

Um bem estar modesto... Eu?... para mim?

Cuesta

O suficiente para viver n'uma decorosa independência...

Electra

(confusa) Mas eu, que merecimentos tenho?... Perdoe-me, se não posso acabar de me convencer...

Cuesta

Mais tarde o convencimento virá.

Electra

E por que não fala n'isso a meus tios?...

Cuesta

(preocupado) Porque... A seu tempo o saberão. Por agora ninguém mais deve ter conhecimento da resolução que tomei.

Electra

Mas...

Cuesta

(comovido, levantando-se) E agora, Electra, não quererá mal a este pobre enfermo, que tem contados os seus dias?

Electra

Querer-lhe mal!? Se é tão fácil e tão doce para mim o querer bem! Mas não fale em morrer, D. Leonardo.

Cuesta

Completamente me consola saber que chorará talvez por mim...

Electra

Não faça com que eu chore já...

Cuesta

(apressando a saída para vencer a sua comoção) E agora, minha querida filha, adeus.

Electra

Adeus... *(retendo-o)* E que nome lhe devo dar?

Cuesta

O de amigo me basta. Adeus. *(Arranca-se para sair pelo fundo. Electra segue-o com a vista até que desapareça)*

CENA X

ELECTRA E O MARQUÊS

Electra

(meditativa) Meu Deus, que devo pensar? Aquelas meias palavras parece que ainda me dizem mais do que palavras completas. Mãezinha da minha alma!... *(O Marquês entra pelo jardim e adianta-se devagar)* Ah! O sr. Marquês!

Marquês

Assustei-a?

Electra

Não: surpreendeu-me apenas... Se vem para me ouvir tocar, aviso-o de que perdeu a viagem. Eu não toco hoje.

Marquês

Tanto melhor: assim falaremos... Mal lhe sou apresentado entro em cheio na admiração das suas prendas, e, conhecida uma parte do seu caráter, vivamente desejo conhecê-la mais... Vae estranhar esta curiosidade, e julgar-me importuno...

Electra

Não acho. Eu sou curiosa também, e tanto que desde já me permito fazer-lhe uma pergunta: é amigo de Máximo?

Marquês

Estimo-o e admiro-o muito... Coisa rara não é verdade?

Electra

Coisa naturalíssima, me parece.

Marquês

Tão moça como é, talvez que se não dê bem conta das causas da minha amizade com o *mágico prodigioso...* Vamos a ver se me faço entender.

Electra

Explique-m'o bem.

Marquês

Senhorita, a sociedade que eu frequento, o círculo da minha própria família e os hábitos da minha casa produzem em mim um efeito de asfixia, de lento ameaço apoplético. Quase que sem dar por isso, por simples impulso instintivo de conservação, lanço-me de vez em quando à procura de um pouco d'ar respirável. Os meus olhos, velhos e nostálgicos, voltam-se então avidamente para a ciência e para a natureza... Máximo, para mim, é um sanatório.

Electra

Quer-me parecer que vou começando a entendê-lo, e à sua doença de confinado, com faltas d'ar e de vida...

Marquês

Prova de que raciocina. Devo também dizer-lhe que tenho por esse homem um interesse imenso.

Electra

Estima-o devidamente, admira-o pelas suas altas qualidades...

Marquês

E lastimo-o pelo seu infortúnio.

Electra

(surpreendida) Máximo, desafortunado?

Marquês

Que desdita maior que a da solidão em que ele vive? A viuvez prematura submergiu-o nos estudos mais profundos e mais absorventes, que podem comprometer-lhe a saúde e a vida. É um dos meus receios.

Electra

Tem os filhos, que o acompanham e a consolam... O Marquês viu-os hoje... Que lindas criaturinhas! O maior, que vae fazer agora cinco anos, é um prodígio de inteligência. O pequenito, de dois anos, é o mais engraçado sujeitinho de todo o mundo. Eu adoro-os, sonho com eles, e gostava, por eles, de ser criada de meninos.

Marquês

O pobre Máximo, aferrado aos seus estudos, não pode atendê-los como devia ser.

Electra

É o que eu digo também.

Marquês

Claro! Máximo do que precisa é de uma mulher... Aqui principiam as dificuldades e as dúvidas. Por mais que olhe e que procure, não vejo, não encontro a mulher digna de repartir a sua vida com a do grande homem.

Electra

Não a encontra, está visto, porque a não há, não a há. Para Máximo deve-se arranjar uma mulher, principalmente, de muito juízo...

Marquês

Primeiro que tudo, isso: de muito juízo.

Electra

O contrário de mim, que, não tenho nenhum, nenhum, nenhum!

Marquês

Não direi eu isso...

Electra

Que, ainda assim, quando lhe digo tolices e lhe chamo brutamontes, tonto e sabichão, não vá o Marquês pensar que o digo a sério. É brincadeira!

Marquês

Também me queria parecer que não era uma convicção filosófica.

Electra

Brincadeira descabida, talvez, porque ele é seriíssimo... E sobre esse ponto gostaria de ouvir o seu conselho: acha que eu deva tornar-me séria?

Marquês

Nunca! Cada criatura é como Deus a quis fazer. Ninguém precisa de ser serio para ser bom.

Electra

Pois veja lá! eu que não sei nada, tinha pensado isso mesmo!

CENA XI

ELECTRA, MARQUÊS E PANTOJA pelo fundo

Pantoja

(do fundo, à parte) E atreve-se a pôr os olhos peçonhentos n'uma tal flor de candura, este libertino, velho e incorrigível! *(Adianta-se lentamente)*

Marquês

(dando por Pantoja, à parte) Cai-nos o apagador em cima. Apaguemo-nos!

Electra

O sr. Marquês tinha vindo para me ouvir tocar, mas eu estou muito estúpida hoje. Ficou para outra vez.

Marquês

O meu caro sr. Pantoja sabe que Beethoven é a minha paixão. Como me tinham dito que Electra o interpreta bem, esperava ouvir-lhe a *Sonata patética* ou o *Clair de lune*... Pusemo-nos a conversar, e, visto que não é ocasião agora...

Pantoja

(com desabrimento) A hora do estudo acabou.

Marquês

(recobrando o seu papel de sociedade) Outro dia será! Virginia e eu, meu presado sr. Pantoja, muito estimaríamos

que quisesse honrar-nos com os seus conselhos relativamente ao *Recolhimento das Escravas de Jesus*.

Pantoja

Sim senhor, hoje irei ver a Marquesa, e falaremos...

Marquês

Nas *Escravas* a encontrará o meu ilustre amigo toda a santíssima tarde... E como creio que sou demais... *(Movimento de retirar-se)*

Electra

O sr. Marquês não estorva.

Marquês

Vou-me com a música... até o laboratório de Máximo.

Pantoja

Vá, vá, que há de gostar!

Marquês

Até ao almoço, meu muito respeitável amigo.

Pantoja

Guarde-o Deus. *(Sai o Marquês pelo jardim)*

CENA XII

ELECTRA E PANTOJA

Pantoja

(vivamente) Que é que ele lhe dizia? que lhe estava contando esse depravador de inocências?

Electra

Nada: histórias vagas, anedotas para rir...

Pantoja

As tais histórias! Desconfie sempre das anedotas jocosas, e dos narradores amenos, que escondem entre suavidades e fragrâncias de jasmins uma ponta envenenada de estilete... Estou a achá-la perplexa, enleada, abstraída, quase medrosa, como quem acaba de sentir pela macia relva matizada de lírios um roçagar de réptil.

Electra

Ah! não.

Pantoja

Essa inquietação resultante das conversações perturbadoras há de acalmá-la a minha palavra serena e benéfica.

Electra

Vejo que é poeta, sr. de Pantoja; e dá-me prazer ouvi-lo.

Pantoja

(indica-lhe uma cadeira, e sentam-se ambos) Minha presada filha, vou dar-lhe a explicação da intensa ternura que me inspira... Terá dado por isso?

Electra

Tenho.

Pantoja

Tal explicação equivale à revelação de um segredo...

Electra

(muito assustada) Deus do céu! estou a tremer...

Pantoja

Sossegue, minha filha... E ouça primeiro a parte d'esta confidência mais dolorosa para mim. Fui muito mau, Electra.

Electra

Como assim, com a fama de santidade que tem!

Pantoja

Fui mau—digo-lh'o eu—em certa ocasião da minha vida. *(Suspirando)* Já lá vão alguns anos.

Electra

(vivamente) Quantos? Poderei eu lembrar-me ainda do tempo da sua maldade, sr. de Pantoja?

Pantoja

Não pode. Quando eu me depravei, quando me afundi no lodaçal do pecado, não tinha a menina ainda nascido...

Electra

Mas nasci afinal...

Pantoja

(depois de uma pausa) É certo.

Electra

Nasci... e d'aí? Por quem é, abrevie essa história...

Pantoja

A sua perturbação me indica que devemos desviar os olhos do passado. A sua condição presente sossega-me.

Electra

Por quê?

Pantoja

Porque há de ter um amparo, um arrimo para toda a vida. Nada mais inefável para mim do que a fortuna de velar pelo destino de uma criatura tão bela e tão nobre! Quero consagrar-me a defendê-la de todo o mal, a guardá-la, a acalentá-la, a dirigi-la, para que sempre se conserve incólume, intemerata e pura; para que nunca lhe toque nem a mais tênue sombra, nem o mais afastado respiro do mal. É hoje uma menina que parece um anjo. Não me conformo com que unicamente o pareça; quero que para mim o seja.

Electra

(friamente) Que eu seja um anjo de sua composição e propriedade sua?... E parece-lhe que se deva considerar

como um rasgo de caridade extraordinária e sublime esse fervoroso desejo que mostra de ter assim, um anjo de seu?

Pantoja

Não é caridade: é obrigação. Tu—entendes?—tens o direito de ser amparada por mim; eu tenho o dever de amparar-te.

Electra

Tamanha confiança... tão severa autoridade...

Pantoja

A minha autoridade provém do meu entranhado afeto, assim como do calor do sol provém a força da terra. A minha proteção é um produto da minha consciência.

Electra

(levanta-se muito agitada, e afastando-se de Pantoja, à parte) Virgem mãe santíssima! dois protetores! e um que precisa de oprimir para proteger! *(alto)* Olhe: eu admiro-o e respeito muito as suas virtudes. Enquanto à sua autoridade—perdoe-me o atrevimento de lh'o dizer—não a compreendo bem claramente, e parece-me que só a minha tia é que devo submissão e obediência.

Pantoja

Vem a ser a mesma coisa. Evarista faz-me a honra de me consultar em tudo. Obedecer-lhe a ela é submeter-te a mim.

Electra

Então também a tia me quer para anjo d'ela? ainda por cima de eu já estar para anjo do sr. de Pantoja?!

Pantoja

Anjo de todos, de Deus principalmente. Convence-te, filha da minha alma, que vieste a boas mãos, e que só te cumpre deixar-te guiar na virtude e na purificação.

Electra

(com displicência) Pois, se querem purificar-me, purifiquem-me... Mas estão bem certos de que eu seja impura e má?

Pantoja

Poderias vir a sê-lo. Melhor se vence o mal prevenindo que remediando.

Electra

Pobre de mim! *(Levantando os olhos em êxtase, suspira. Pausa)*

Pantoja

Porque suspiras assim?

Electra

Deixe-me aliviar o meu triste coração. Pesam-me demais em cima d'ele as consciências dos outros.

CENA XIII

ELECTRA, PANTOJA E EVARISTA, pelo fundo

Evarista

Amigo Pantoja, a Madre Barbara da Cruz espera-o para se despedir e receber as suas ordens.

Pantoja

Ah! não me lembrava... Vou imediatamente. *(À parte a Evarista)* Falamos. Vigie. Acautelemo-nos! *(Antes de sair Pantoja, pelo fundo, entram o Marquês e Máximo pela direita)*

CENA XIV

ELECTRA, EVARISTA, MARQUÊS E MÁXIMO

Marquês

Tardamos?

Evarista

Não. Estiveram no laboratório?... *(Formam-se dois grupos: Electra e Máximo à esquerda; Evarista e o Marquês à direita.)*

Marquês

Lá estivemos. É um prodígio este homem... *(Segue falando no que viu)*

Electra

(suspirando) Sim, Máximo, preciso de consultar-te sobre um caso grave.

Máximo

(com vivo interesse) Conta depressa!

Electra

(receosa olhando para o outro grupo) Impossível agora.

Máximo

Quando então?

Electra

Não sei... Não sei quando t'o poderei dizer... Não se resume em quatro palavras...

Máximo

Pobre rapariga!... O que eu te predisse... Chegam as seriedades da vida, os deveres, as amarguras...

Electra

Talvez.

Máximo

(olhando-a fito, com grande interesse) Na expressão da tua fisionomia há um véu de tristeza e um estremecimento de susto... Desconheço-te.

Electra

Querem anular o que eu sou, e reduzir-me a outra coisa... a uma coisa angelical e celeste, que não sei o que é!

Máximo

(vivamente) Por Deus, não consintas isso! Defende-te, Electra.

Electra

Que me aconselhas?

Máximo

(sem vacilar) A independência.

Electra

A independência!

Máximo

Sim, a emancipação... N'uma palavra: Insurge-te!

Electra

Queres dizer que faça quanto me vier à cabeça, que dance, que pule, que corra pelo parque enquanto me apeteça, que entre na tua casa como em país conquistado, que conspire com os teus pequenos, que fuja com eles para o jardim, para longe, para onde eu quiser?...

Máximo

Tudo!

Electra

Olha o que dizes!?...

Máximo

Digo-te isto.

Electra

Mas é o contrário que me tens recomendado sempre!

Máximo

(olhando-a fixamente) Na tua cara, no vinco dos teus sobrolhos, na tremura da tua boca, eu vejo que estão radicalmente transformadas as condições da tua vida. Tu agora tens medo.

Electra

(medrosa) Tenho, sim.

Máximo

Tu... *(Hesitando no verbo que há de empregar. Vae a dizer amar, mas não ousa)* Tu queres ardentemente que alguma coisa suceda...

Electra

(com efusão) Quero. *(Pausa)* E dizes-me tu que contra o medo... a insubordinação.

Máximo

Sim: solta livremente todos os teus impulsos para que quanto há em ti se manifeste, e se saiba quem tu és.

Electra

O que eu sou? Queres conhecer...

Máximo

A tua alma...

Electra

Os meus segredos...

Máximo

A tua alma... N'ela se compreende tudo.

Electra

(notando que Evaristo a observa) Basta... Olham para nós.

CENA XV

OS MESMOS, URBANO E PANTOJA, pelo fundo

Urbano

Almoça-se?

Pantoja

(a Evarista, sufocado, vendo Electra com Máximo) Então assim a deixa só com Mefistófeles?

Evarista

Não tenha sustos, Pantoja.

Marquês

(rindo) Não tem de que os ter. Esse Mefistófeles é um santo. *(Dá o braço a Evarista)*

Pantoja

(imperiosamente, pegando na mão de Electra para a conduzir) Comigo! *(Electra, andando com Pantoja, volta a cabeça para olhar para Máximo)*

Máximo

(olhando para Electra e para Pantoja) Contigo?... Havemos de ver com quem! *(Máximo e Urbano são os últimos que saem)*

FIM DO PRIMEIRO ATO

ATO SEGUNDO

Cenário do primeiro ato

CENA I

EVARISTA, URBANO, à banca, despachando negócios, BALBINA, que serve à sr.ª de Yuste uma taça de caldo

Urbano

(dispondo-se a escrever) Que é que se diz ao reitor do Patrocínio?

Evarista

O que se combinou: aprovamos a planta, e aceitamos o orçamento. Depois nos entenderemos com o empreiteiro.

Urbano

Já sabes a quanto monta a obra... *(Lendo n'um apontamento)* Trezentas e vinte e duas mil pezetas...

Evarista

Bem. Ainda nos sobeja dinheiro para a continuação do Socorro. *(A Balbina, que recolhe a taça)* Não te esqueças do que te incumbi.

Balbina

Continuo vigiando, como a senhora determinou. Mas este recreio a que a menina agora se entrega não me parece de cuidado. Tantas cartas de namorados juntas são carteio de mais. A menina, enquanto a mim, para o que puxa não é para a tolice, é para a risota.

Evarista

Mas quem traz todas essas cartas que ela recebe?

Balbina

Isso não sei... Mas ando de pedra no sapato com a Patros.

Evarista

Espreita-as, e informa-me.

Balbina

Fica ao meu cuidado, deixe estar! *(retira-se Balbina)*

CENA II

OS MESMOS E MÁXIMO, apressado, com plantas e papeis

Máximo

Estórvo?

Evarista

Não, filho, podes entrar.

Máximo

São dois minutos, tia.

Urbano

Vens do ministério?

Máximo

Venho da conferencia com os bilbaínos. Tenho hoje um dia de prova tremenda... Imenso que conferir, imenso que falar, imenso que correr, e, para me não faltar mais nada, a casa toda revirada com o debaixo para cima!

Evarista

Mas, homem, que foi isso?! Diz a Balbina que despediste as criadas...

Máximo

Pessoal infame, tia! Três ladras! Pu-las na rua. Estou com o ordenança e com a ama. Que lindo arranjo, hein?

Evarista

Vem comer cá.

Máximo

Comer cá é bom de dizer. A tia fala bem! E os pequenos com quem ficam? Se os trago põem-lhe a cabeça em água, desarranjam-lhe tudo...

Evarista

Não tragas. Eu adoro as crianças. Mas tê-las comigo, não. Revolvem tudo, sujam tudo! corridas, risadas, cantatas, berratas, guinchos, patadas medonhas no chão! fazem-me doida. E medo que caiam, que se molhem, que as arranhem os gatos, que rachem as cabeças, que esburaquem os olhos uns dos outros. Nada... Não quero responsabilidades.

Máximo

Eu o que queria é que a tia me mandasse uma cozinheira.

Evarista

Manda-se-te para lá a Henriqueta. Urbano, toma nota.

Máximo

Bom. *(Dispondo-se a partir)*

Evarista

Olha lá! os teus negócios parece que vão bem... Já sabes o que te tenho dito: Se o *mágico prodigioso* precisar de dinheiro para a implantação dos seus inventos, não tem mais do que dizê-lo...

Máximo

Obrigado, tia... Tenho à minha disposição quanto dinheiro queira... Assim eu tivesse uma criatura que me soubesse fazer sopa!

Urbano

Esse senhor dentro de poucos anos há de estar muito mais rico do que nós.

Máximo

Isso bem pode ser que sim.

Urbano

Obra do seu talento.

Máximo

(com modéstia) Não: do trabalho, da perseverança, da paciência...

Evarista

Nem me digas! Trabalhas monstruosamente.

Máximo

Quanto é preciso que trabalhe, por obrigação, por consolação, por prazer, e, a final, por entusiasmo adquirido também.

Urbano

Passa a monomania isso. É uma borracheira de estudo.

Evarista

(grave) Não: é a ambição, a maldita ambição, que a tantos fascina e a tantos deita a perder.

Máximo

Ambição legítima e indispensável à humanidade. Imagine a tia...

Evarista

(cortando-lhe a palavra) É a ânsia das riquezas, para saciar com elas a avidez do gozo. Gozar, gozar, gozar: isso unicamente quereis, e para isso vos consumis, sacrificando o estomago, o cérebro, o coração e a própria alma, sem vos lembrardes da inanidade das coisas da terra e da brevidade da vida. Rapidamente nos vamos, e tudo cá fica.

Máximo

(impaciente por sair) Tudo, menos eu, que me safo já.

CENA III

OS MESMOS E JOSÉ

José

(anunciando) O sr. Marquês de Ronda.

Máximo

(detendo-se) Esperarei já agora para o ver.

Evarista

(recolhendo os papeis) Não manda Deus que trabalhemos hoje.

Urbano

Adivinho ao que vem.

Evarista

Que entre, José, que entre! *(José sai)*

Máximo

Vem convidá-los para a inauguração da nova *Irmandade da Escravidão* fundada por Virginia. Disse-m'o ontem à noite.

Evarista

Bem sei... Então é hoje?

CENA IV

EVARISTA, URBANO, MÁXIMO E O MARQUÊS

Marquês

(saudando com afabilidade) Querida amiga... Urbano... *(A Máximo)* Olá! não esperava encontrar o mágico...

Máximo

O mágico diz-lhe adeus e some-se.

Marquês

Um momento. *(Retendo-o)*

Evarista

Sim, Marquês: iremos.

Marquês

Já sabem?

Urbano

A que horas?

Marquês

Às cinco em ponto. *(A Máximo)* A si não lhe digo porque sei que não tem tempo.

Máximo

Desgraçadamente. Segue-se então que o não espero hoje.

Marquês

Como, se temos essa festa rija de religião e de mundanismo! mas lá vou à noite.

Evarista

(levemente zombeteira) Já cá se tem notado, com muito regozijo é claro, a frequência das visitas do Marquês à caverna do nigromante.

Máximo

O Marquês dá-me muita honra com a sua amizade e com o interesse que toma pelos meus estudos.

Marquês

Veio-me agora o delírio das máquinas e dos fenômenos elétricos... Caturrices de velho!

Urbano

(a Máximo) Parabéns pelo discípulo.

Evarista

Deus sabe... *(Maliciosa)* Deus sabe quem será o mestre e quem o aluno!

Marquês

A respeito do mestre, sinto que ele esteja presente porque isso me priva de aplicar aos seus méritos todas as mordeduras que a inveja me inspira.

Evarista

Retira-te, Máximo; vamos dizer mal de ti.

Máximo

Repaste-se a má língua! Adeusinho todos. Adeus, tia.

Evarista

Vae com Nossa Senhora!

Marquês

(a Máximo que sai) Até à noite, se me deixarem. *(A Evarista)* Extraordinário homem! Sempre o admirei muito, mas agora que tenho apreciado mais de perto todas as suas

qualidades, sustento que não há outro no mundo como este seu sobrinho.

Evarista

No terreno científico.

Marquês

Em todos os terrenos, senhora de Yuste. Pois quê?!...

Evarista

De certo que como inteligência...

Marquês

(com entusiasmo) Como inteligência, como caráter, como coração, como tudo... Quem é que é melhor?

Evarista

(sem querer empenhar-se n'uma discussão delicada) Bem, bem, Marquês... *(Variando de tom)* É então ás cinco, disse...?

Marquês

Em ponto. Contamos também com Electra.

Evarista

Não sei se a leve...

Marquês

Ora essa! Tenho incumbência especialíssima de conseguir a presença da senhorita Electra n'esta solenidade, e já prometi que sim. Virginia deseja muito conhecê-la.

Urbano

À vista d'isso...

Marquês

Não me deixem ficar mal!

Evarista

Bem: conte com ela.

Marquês

Teremos muita gente, toda a nossa roda...

Urbano

Oh! vae estar brilhante com certeza.

Marquês

Com que então, até já. Tenho de ir a casa de Otumba, e passarei por cá na volta. *(Ouve-se a voz de Electra pela esquerda, chalreando e rindo alegremente. O Marquês para a escutá-la)*

CENA V

OS MESMOS E ELECTRA

Electra

Pois sim, sim... rica, minha riquinha! mais um beijo... Que doida que és! que doida que sou! mas entendemo-nos ambas. *(Aparece pela esquerda com uma grande e rica boneca, que beija e que embala. Detêm-se envergonhada)*

Evarista

Que vem a ser isto, rapariga?

Marquês

Não lhe ralhe.

Electra

Mademoiselle Lulu e eu damos à língua, contamo-nos coisas.

Urbano

(ao Marquês) Anda desatinada hoje.

Electra

(afastando-se, diz segredinhos à boneca. Os outros olham) Que linda que és, Lulu! Mas ele, ainda mais lindo que tu. Que feliz seria o meu amor com ele e contigo!

Marquês

Sempre folgazã, pelo que vejo...

Evarista

Pelo contrário: desde ontem n'uma tristeza que nos dá cuidado.

Marquês

Tristeza? idealidade antes.

Evarista

E, agora, está vendo...

Marquês

(carinhoso, dirigindo-se para ela) Rica menina!

Electra

(aproximando a cara da boneca da do Marquês) Vamos, Mademoiselle, não se me faça mona: dê um beijinho a este senhor. *(Antes que o Marquês beije a boneca dá-lhe um leve carolo com a cabeça de Lulu)*

Marquês

A Lulu não beija: a Lulu marra. *(Acariciando o queixinho de Electra)* Por isso gosto mais da sua amiguinha do que d'ela.

Electra

De miolo pode crer que tanto tem uma como outra.

Urbano

Mas que conversas tu com a boneca?

Electra

Desafogo com ela, conto-lhe as minhas penas.

Evarista

Penas, tu?

Electra

Penas eu, sim, pois quê?... E quando nos vê muito caladas ambas é porque nos estão lembrando as nossas coisas passadas...

Marquês

Ah! se a interessa o passado já é um sinal de que pensa pela sua cabecinha.

Evarista

E que coisas passadas são essas que dizes?

Electra

Digo do tempo em que nasci. *(Com gravidade)* O dia em que eu vim ao mundo foi um dia muito triste, pois não foi? Lembra-se aqui alguém de como foi esse dia?

Evarista

Filha, que tontices que dizes! E não tens vergonha de que o sr. Marquês te veja tão adoidada?

Electra

Creia, tia, que não há doidos tão doidos, nem crianças tão crianças, que não tenham sua razão para dizer o que dizem e para fazer o que fazem.

Marquês

Muito bem pensado.

Evarista

Qual é então a tua razão para esses brinquedos tão fora da tua idade?

Electra

(olhando para o Marquês, que sorri ao seu lado) Isso não posso contar agora.

Marquês

Quer dizer que me retire.

Evarista

Electra!

Marquês

Eu ia já despedir-me... com bem pena de que as minhas ocupações me privem de convivência tão interessante. Adeus, senhorita; volto ás cinco para a levar comigo.

Electra

A mim!

Evarista

Sim; vamos à inauguração das *Escravas*.

Electra

E eu também?

Evarista

Podes-te ir vestindo.

Electra

(assustada) Há de estar muita gente... A gente mete-me medo. Gosto mais de ficar só.

Marquês

Estaremos em família. E com isto me despego.

Evarista

Até logo, Marquês.

Marquês

(a Electra) Menina, às cinco; aprendamos a ser pontuais. *(Sai pelo fundo com Urbano)*

CENA VI

EVARISTA E ELECTRA

Evarista

Explicarás agora a estranha maluquice em que andas.

Electra

Eu lhe digo, tia: tenho uma dúvida... como direi?... um problema...

Evarista

Problemas, tu!

Electra

Exatamente, no plural, problemas... porque é de mais d'um que se trata.

Evarista

Valha-te Nossa Senhora!

Electra

E quero ver se m'os resolve...

Evarista

Quem?

Electra

Uma pessoa que já não vive.

Evarista

Que dizes?

Electra

Minha mãe. Não se aflija... Minha mãe pode-me dizer o que eu pretendo... e aconselhar-me. A tia não acredita que as pessoas do outro mundo podem vir a este? *(Gesto de incredulidade de Evarista)* Não acredita. Acredito eu. Acredito porque o tenho visto. Eu tenho visto minha mãe...

Evarista

Virgem Maria! como tens essa cabeça!

Electra

... Quando era muito pequenina, assim, d'este tamanho...

Evarista

Nas Ursulinas de Bayona?

Electra

Sim... Minha mãe aparecia-me.

Evarista

Em sonhos, naturalmente.

Electra

Não, não: estando eu acordada, tão bem acordada como estou agora. *(Coloca a boneca n'uma cadeira)*

Evarista

Pensa no que dizes, Electra...

Electra

Quando eu estava só, sozinha, triste ou doente; quando alguém me lastimava dando-me a perceber a desairosa situação que eu tinha no mundo, a minha mãe vinha, e consolava-me. Primeiro via-a imperfeitamente, confusa, como vaporosa, a parecer diluir-se nas coisas distantes, nas coisas próximas. Adiantava-se, n'uma claridade que tremeluzia... Depois, não bulia mais; era uma forma quieta, uma serena imagem triste... E eu não podia então duvidar de que a tinha ali... Era minha mãe... Das primeiras vezes via-a em traje elegante de grande dama... Um dia, por fim, apareceu-me de hábito e escapulário de monja. O seu rosto envolvido nas toucas brancas, e o seu corpo coberto pela estamenha pendente tinham uma majestade de beleza que não pode imaginar quem a não viu.

Evarista

Tu deliras, minha pobre filha!

Electra

Junto de mim abria os braços como se quisesse enlaçar-me. Falava-me n'uma voz doce, mas longínqua e recôndita... não sei como lh'o explique... Eu perguntava-lhe coisas, e ela respondia-me... *(maior incredulidade de Evarista)* A tia não acredita?

Evarista

Vae dizendo.

Electra

Nas Ursulinas tinha uma bela boneca, a que eu chamava também Lulu... Veja a tia que mistério este!... Sempre que eu andava pela horta, ao cair da tarde, só, levando ao colo a minha boneca—tão melancólica eu como ela—olhando muito para o céu, era certa, segura, infalível, a visão de minha mãe... primeiro entre as árvores, como enformada no oco das folhagens; depois, desenhando-se de luz, e caminhando para mim, vagarosamente, por entre os troncos escuros...

Evarista

E em mais crescida, quando vivias em Hendaya... também?...

Electra

Nos primeiros tempos não... Então já eu brincava com bonecas vivas: os dois pequerruchinhos da minha prima Rosalia, menina e menino, que nunca se separavam de mim, e me adoravam, como eu a eles. De noite, na solidão do nosso quarto, com os meninos dormidinhos, como eles aqui... e eu aqui *(indica o lugar dos dois leitos paralelos)* por entre as duas caminhas brancas a minha mãe passava, meiga, silenciosa, aérea, sem pisar o chão... E debruçava-se para mim...

Evarista

Cala-te, por Deus, que até me fazes medo... Mas depois que foste mais crescida... agora—digamos—acabaram essas visões...

Electra

Nunca mais as tive desde que deixei de viver com bonecas e com meninos. É por isso que eu trato de voltar à idade da inocência, e de me fazer criança pequena outra vez, a ver se, tornando a ser o que fui, voltará também minha mãe a ver-me, como d'antes... Para que falemos, e me responda ao que lhe quero perguntar... e me dê conselho...

Evarista

E que dúvidas são as tuas, que assim precisas...

Electra

(pondo os olhos no chão) Dúvidas?... coisas que a gente não sabe, e quer saber.

Evarista

Tolice! Que tão grave caso vem a ser esse para que precises de consulta e de conselho?...

Electra

Cá uma coisa... *(Vacila, está quase a dizê-lo)*

Evarista

O quê? dize.

Electra

Uma coisa... *(Com timidez infantil dando voltas à boneca e sem se atrever a revelar o seu segredo)* Uma certa coisa...

Evarista

(severa e afetuosa) Ih! que intolerável que estás, com tanta criancice! *(Tira-lhe a boneca)* Que estúpida e ao mesmo tempo que atilada que tu és! Tão depressa te mostras um prodígio de inteligência e de graça como parece que não passas de maluca... Andam ás bulhas com a tua alma querubins e demônios. Temos que intervir para acabar com essa luta e dar em Satanás muitos açoites, ainda que algum te caia em ti e te doa um poucochito... *(Beija-a)* Vamos!

juízo. Precisas de te ocupar n'alguma coisa, de distrair essa cabeça... Não te esqueça de que é ás cinco a festa... Vai-te arranjar, anda...

Electra

Sim, tia.

Evarista

Faltam três quartos.

Electra

Vou aprontar-me.

Evarista

E poucas brincadeiras... cuidado! *(Sai pelo fundo levando a boneca pendida, suspensa por um braço)*

CENA VII

ELECTRA E PATROS

Electra

(olhando para a boneca) Pobre Lulu! como te levam à dependura! *(Imitando a postura da boneca e apalpando o seu próprio braço dolorido)* Que dor que vais ter, coitada, no ombro desengonçado! *(Senta-se meditabunda)* E o outro à minha espera... Como foi triste a separação! como ele chorava, estendendo-me os bracinhos!... e eu que lhe prometi voltar...

Patros

(assomando cautelosa pela esquerda) Senhorita, senhorita...

Electra

Entra.

Patros

(avançando com precaução) Não está ninguém?

Electra

Estamos sós.

Patros

Não se pilha outra ocasião assim, menina! Ou agora ou nunca.

Electra

Vens de lá?

Patros

Agora mesmo... Muitos senhores que dizem números... milhões, *bilhões* e *quatrilhões*... E lá dentro, ninguém.

Electra

(vacilando) Atrevo-me?

Patros

(decidida) Atreva-se, menina.

Electra

Nossa Senhora do Carmo, protegei-me! *(Dirige-se à saída que dá para o jardim. Para assustada)* Espera. Não será melhor sairmos pelo outro lado? Pode estar a tia à janela da casa de jantar...

Patros

Pode, pode! Demos a volta por aqui. *(Pela esquerda)*

Electra

Sim, por aqui... Estou a tremer toda... de valentia! e de medo. Avante! *(Saem a correr pela esquerda)*

CENA VIII

URBANO E JOSÉ, que entram pelo fundo ao tempo a que saem as duas

Urbano

Quem vae ali?

José

É a Patros.

Urbano

Então que temos?... conta lá.

José

São já cinco os que fazem olho à menina: cinco vistos por mim. Fora os que não vi.

Urbano

E quê? rondam a casa?

José

Dois pela manhã, dois de tarde, e o mais pequenitate de todos, de sol a sol.

Urbano

Tens notado se há comunicação entre a janela do quarto da senhorita Electra e a rua por meio de cesto pendente ou de cordão telefônico?

José

Não vi nada d'isso. Mas cá eu, se fosse os senhores, mudava a menina para os quartos d'acolá. *(À esquerda)*

Urbano

E algum d'esses meninos não se coará para dentro do jardim?

José

Isso sim! Não que eles tem espinhaço e querem-o para mais d'uma vez.

Urbano

Bem: vae vigiando sempre. *(Entra Cuesta pelo fundo)*

CENA IX

URBANO E CUESTA, com papeis e cartas

Urbano

Ora graças a Deus, Leonardo!

Cuesta

Já te tinha dito que não vinha de manhã. *(A José, dando-lhe uma carta)* Isto para registar. Logo irão mais cartas. *(Sai José)*

Urbano

(pegando n'um papel que Cuesta lhe entrega) Que vem a ser isto?

Cuesta

O recibo das cem mil e tantas pesetas... assina-me agora um talão de sessenta e sete mil...

Urbano

Para a remessa para Roma...

Cuesta

Isso mesmo. E Evarista?

Urbano

A vestir-se.

Cuesta

Já sei que vais à inauguração das *Escravas* e que também vae Electra.

Urbano

Essa pequena, positivamente, não promete coisa boa. Está cada vez mais caprichosa e mais leviana...

Cuesta

(vivamente) Sem maldade!

Urbano

Mas com sintomas d'isso. Evarista, que é a cautela e a prudência em pessoa, anda a pensar em submetê-la a um regímen sanitário em S. José da Penitência.

Cuesta

Hás de me permitir que discorde inteiramente d'esse alvitre. Tu dirás que quem me manda a mim...

Urbano

Pelo contrário: como amigo da casa muito estimo que dês opinião e conselho.

Cuesta

Isso de arrastar para a vida claustral uma rapariga que não denota manifesta vocação de piedade, é grave... E não devereis estranhar que porventura alguém se oponha...

Urbano

Quem se há de opor?

Cuesta

Que sei eu! alguém... Na vida d'esta menina há, por enquanto, um fator desconhecido... Um belo dia poderá suceder... não direi que suceda... Um belo dia, quando puxeis pela corda com mais força, poderá vir uma voz que diga: "Alto lá, senhores de Yuste!"

Urbano

E nós responderemos: "Querido sr. fator desconhecido, aqui tem a menina, com o que nos livra d'uma tutela difícil e incomoda."

Cuesta

(senta-se com muita fadiga) Isto, Urbano, é apenas uma suposição minha... é um modo de falar...

Urbano

Não te sentes bem? Queres tomar alguma coisa?

Cuesta

Não... Este maldito coração recusa-se a ser dirigido pela vontade...

Urbano

Descansa... Queres-te tu deitar?

Cuesta

Pois não sabes o que tenho que fazer? *(Tirando papeis do bolso)* Para já, duas carta urgentes, que têm de partir hoje.

Urbano

Escreve-as aqui. *(Fazendo um lugar à mesa, e retirando livros e papeis)*

Cuesta

Está dito... instalo-me aí.

Urbano

Eu estou atarefadíssimo também. Tenho voltas que dar...

Cuesta

Não penses mais em mim. *(Escreve)*

Urbano

Desculpa. Evarista não tarda aí.

Cuesta

(sem olhar) Até logo... *(Sai Urbano pelo fundo)*

CENA X

CUESTA, ELECTRA E PATROS (Assomam as duas à porta da esquerda como para reconhecer o terreno)

Electra

Cuidado, Patros... Por aqui é difícil trazê-lo.

Patros

(reconhecendo Cuesta, que vê de costas) D. Leonardo!

Electra

Chut!... O mais seguro é deixá-lo no teu quarto até à noite. Que maçada a tal inauguração!

Cuesta

(volta-se ao ouvir vozes) Ah! Electra...

Electra

Importunamos, D. Leonardo?...

Cuesta

Não, minha amiguinha. Quer fazer-me o favor de esperar um pouquinho... que termine uma carta? Tenho que lhe dizer.

Electra

Aqui me tem. *(À parte a Patros)* Que seca! *(Alto)* Vínhamos unicamente buscar um papel e um lápis para umas contas. *(Tira da mesa um lápis e papel. À parte a Patros)* Cuida bem d'ele... Que amor que ele está adormecido! Com o seu focinhinho cor de rosa e as mãos sujas, com as unhitas pretas de andar a escarvar na terra... Dá vontade de o engolir!

Patros

Com os lindos pés gordos, e a espessa carapinha d'ouro que ele tem...

Electra

(com efusão de carinho) Dá volta à cabeça da gente. Olha bem por ele, Patros; vê lá!...

Patros

Levo-lhe agora um bolo.

Electra

Não dou licença. Proíbo rigorosamente os bolos. Para lhe sujarem o estomago!... Leva-lhe uma sopinha...

Patros

Mas como hei de eu arranjar sopinha?

Electra

Tens razão... Ah! pede na cozinha uma taça de leite para mim.

Patros

Isso mesmo! E dou-lh'a quando acordar.

Electra

Toma lá também o papel e o lápis para ele fazer os seus rabiscos... É a coisa de que mais gosta... Depois, à noite, na primeira ocasião, mete-o no meu quarto, para dormir comigo.

Cuesta

(fechando a carta) Acabei.

Electra

Perdoe um momento, D. Leonardo. *(À parte a Patros)* Não o deixes nem um momento... Muito cuidadinho! Se D. Leonardo me não prender muito, ainda irei dar-lhe um beijo antes de me vestir.

Cuesta

Patros, estas cartas para o correio!

Patros

Vão-se levar já.

CENA XI

CUESTA E ELECTRA

Cuesta

(pegando-lhe nas mãos) Venha cá, sua grande extravagante... quanto me alegra vê-la!

Electra

É muito meu amigo, D. Leonardo? Não imagina como eu gosto de que me estimem!

Cuesta

Mas precisamos também de ter mais um poucochinho de propósito e d'assento n'essa cabecinha... É bom que não haja nada que se nos dizer... E a mim contaram-me—pêtas já se vê!—que fervilham os namorados...

Electra

Ah! Sim, eu já lhes perdi a conta! Mas não gosto senão d'um.

Cuesta

D'um! E quem é?

Electra

Isso... lá me parece perguntar de mais...

Cuesta

Eu conheço-o?

Electra

Se conhece!

Cuesta

Fez-lhe a sua declaração d'uma maneira decente?

Electra

Não me fez declaração nenhuma, nem me disse nada... até agora.

Cuesta

E a menina ama esse tímido donzel, e julga-se correspondida?

Electra

Suspeito que me corresponde... Mas não o asseguro...

Cuesta

Tenha confiança em mim, e conte-me isso.

Electra

Agora não, que vou vestir-me.

Cuesta

Falaremos depois.

Electra

(medrosa, olhando para o fundo) Se não viesse a tia...

Cuesta

Vista-se... Amanhã será.

Electra

Sim, amanhã. Adeus. *(Corre para a direita. Movida de uma ideia repentina dá meia volta)* Antes de me vestir... *(À parte)* Não resisto. Vou dar-lhe um beijo. *(Sai correndo pela esquerda. Cuesta segue-a com a vista e suspira)*

CENA XII

CUESTA, URBANO E EVARISTA; depois ELECTRA

Cuesta

(reunindo e recolhendo os papeis) Que felicidade a minha, se publicamente a pudesse amar!

Evarista

(vestida para sair) Desculpe terem-no deixado para aí, Leonardo. Já me disse Urbano que lançamos uma grande operação.

Urbano

(entregando a Cuesta um talão) Aí tens.

Evarista

Não me espantarei se o vir aparecer-nos com outra carga de dinheiro... Deus o dá, Deus o recebe... *(Assoma Electra pela porta da esquerda. Ao ver a tia hesita, não se atreve a atravessar. Decide-se por fim, procurando escapulir-se. Evarista segura-a)* Ora não há! Então ainda te não vestiste? D'onde vens?

Electra

Da casa de engomar. Fui à Patros para me alisar um papo...

Evarista

Gabo-te a pachorra! *(Notando que sai a ponta de uma carta de uma das algibeiras do avental de Electra)* Que tens aqui? *(Pega na carta)*

Electra

Uma carta.

Cuesta

Criancices.

Evarista

Não imagina, Cuesta, o desgosto que esta rapariga me dá com as suas travessuras, que já não são tão inocentes como isso! *(Dá a carta a Urbano)* Lê tu.

Cuesta

Vamos a ver isso.

Urbano

(lendo) Senhorita—Tenho para mim que n'esse rosto feiticeiro...

Evarista

(zombando) Muito bonito! *(Electra contém dificilmente o riso)*

Urbano

(continua a ler) ...que n'esse rosto feiticeiro escreveu o Supremo artífice o problema do... do... *(Sem entender a palavra seguinte)*

Electra

(apontando) ...do "cosmos".

Urbano

Isso mesmo: do cosmos, simbolizando em seu luminoso olhar, na sua boca divina, o poderoso agente físico, que...

Evarista

(arrebatando a carta) Que indecências!

Urbano

(descobrindo outra carta em outro bolso) está outra. *(Pega n'ela)*

Cuesta

Vejamos essa!

Evarista

Isto, Electra, não é o corpo de uma menina: é um marco postal.

Urbano

(lendo) Desapiedada Electra, com que palavras exprimirei o meu desespero, a minha loucura, o meu frenesi...?

Evarista

Basta... Isso revolta-me. *(Incomodada revista as algibeiras de Electra)* Apostaria que ainda há mais.

Cuesta

Indulgência, Evarista!

Electra

Tia, não se amofine mais...

Evarista

Que me não amofine!... A amofinação eu t'a contarei... Veste-te imediatamente.

Urbano

(consultando o relógio) É quase a hora.

Electra

N'um momento!

Evarista

Avia-te, avia-te! *(Electra, contente de se ver solta, corre para o seu quarto)*

CENA XIII

CUESTA, URBANO, EVARISTA E PANTOJA

Evarista

(com tristeza e desalento) E então, Leonardo, que me diz a isto?

Cuesta

O sossego com que deixou devassar os seus segredos demonstra bem a pouca importância que lhes dá e que eles têm.

Evarista

Não, não é tanto assim...

Pantoja

(pelo fundo, ansiado) Está o Cuesta! Já se não pode dizer o que se quer...

Evarista

(contente de vê-lo) Até que enfim, Pantoja... *(Formam-se dois grupos: à esquerda Cuesta sentado, Urbano em pé; à direita, Pantoja e Evarista, sentados)*

Pantoja

Venho contar-lhe coisas da maior gravidade.

Evarista

Ai de mim! seja o que Deus quiser.

Pantoja

(repetindo a frase com reservas) Seja o que Deus quiser... está muito bem, mas queiramos também nós o que quer Deus, e empenhemos toda a nossa vontade em produzir o bem, por mais que nos custe!

Evarista

A sua energia fortifica a minha... Então... que há?

Pantoja

Há pouco, em casa de Requesens, falou-se de Electra em termos dissolutos.

Contavam que, indecorosamente envolvida por um vespeiro de namorados, ela se divertia a receber e a mandar cartas a toda a hora do dia.

Evarista

Infelizmente, Salvador, a frivolidade d'esta menina é tal que, com toda a minha ternura por ela, nem eu mesma a sei defender!

Pantoja

(angustiado) Pois saiba mais, e veja que não tem limites a maldade humana. Ontem à noite o Marquês de Ronda, na tertúlia da sua casa, na presença de Virginia, sua santa mulher, e de outras pessoas do maior respeito, não cessou de exaltar os encantos de Electra com expressões do mais material e repugnante mundanismo.

Evarista

Tenhamos paciência, meu amigo.

Pantoja

Paciência... Paciência é uma virtude que vale muito pouco sempre que se não reforça com a resolução. Não confundamos essa virtude com o vício da negligencia, e determinemo-nos com firmeza, minha querida amiga, a resguardar Electra da infâmia do mundo, em lugar onde não veja exemplos de leviandade e onde não ouça uma só palavra do contagioso impudor da sociedade em que vivemos.

Evarista

Onde respire um ambiente de pura virtude...

Pantoja

E não a perturbe o zumbido de pretendentes impudicos e infecciosos... Na crítica idade da formação do caráter, em que ela está, temos nós a obrigação de livrá-la do imenso perigo, do maior de todos...

Evarista

Que perigo?

Pantoja

O homem. Nada na terra pior que o homem... quando não é bom. Por mim o sei: fui o meu próprio mestre. O meu desvario, de que pela graça de Deus me curei, e depois d'isso a minha tão longa e entristecida convalescença, duramente me ensinaram a grave e delicada medicina das almas... Deixe-me, e eu lhe salvarei essa menina... *(Interrompe-o Urbano, que passa para o grupo da direita)*

Urbano

(dando importância à sua revelação) Sabem o que me disse Cuesta? Que entre a cáfila dos pretendentes há um preferido. Electra mesma o confessou.

Evarista

E quem é? *(Passa da direita para a esquerda, ficando à direita de Pantoja e d'Urbano)*

Urbano

(a Pantoja) Isto poderia modificar os termos do problema.

Pantoja

(mal humorado) E que significa essa preferencia? É um afeto puro, ou é uma paixoneta imoderada, febril e efêmera, d'essas que constituem o mais grave sintoma da loucura do século? *(Excitado e levantando a voz)* É o que é preciso saber-se! que se saiba quem é!

Urbano

Saberemos...

Pantoja

(passando para junto de Cuesta) O sr. Cuesta não a interrogou?

Evarista

(ao centro, a Urbano) Procura tu certificar-te.

Cuesta

(enfadado, em resposta a Pantoja) Parece-me que estão os srs. desenvolvendo um zelo excessivo e contraproducente.

Pantoja

(com uma suavidade que não encobre a sua altaneria) O meu zelo, meu muito querido D. Leonardo, é o zelo que devo ter.

Cuesta

(um tanto ferido) Eu julguei na minha qualidade de velho amigo da casa...

Pantoja

(levando Urbano consigo para a direita) Cuesta mete-se demais com o que não é da sua conta.

Cuesta

(a Evarista sem lhe dar cuidado que Pantoja o ouça) O nosso presado sr. Pantoja é talvez demasiadamente afouto na facilidade com que penetra nas atribuições dos outros.

Evarista

(sem saber bem que explicação dar) Enfim, como nosso amigo muito antigo e leal...

Cuesta

Também eu o sou.

Urbano

(olhando para o fundo) Aí está já o Marquês.

CENA XIV

OS MESMOS E O MARQUÊS

Marquês

Em boa hora chego!

Pantoja

(à parte) Em péssima!

Marquês

(depois de saudar Evarista) E Electra?

Evarista

Vem já.

Marquês

(cortejando os outros) Já não é cedo.

Urbano

É a hora. *(Pantoja, impaciente, espera Electra à porta do seu quarto. Cuesta fala com Urbano)*

CENA XV

OS MESMOS E ELECTRA

Pantoja

(com alegria anunciando-a) Ei-la aqui. *(Electra entra pela direita, muito elegantemente vestida com singeleza e distinção)*

Marquês

(encomiástico) Que elegante!

Electra

(satisfeita, voltando-se para que a vejam de todos os lados) Meus senhores, que me dizem?

Cuesta

Divina!

Marquês

Ideal!

Evarista

Sim: estás bem.

Pantoja

(fastiento dos elogios tributados a Electra) Vamonos? *(Preparam-se para sair)*

CENA XVI

OS MESMOS E BALBINA, que interrompe bruscamente a Cena, entrando pela esquerda, pressurosa e sufocada

Balbina

Minha senhora! Minha senhora! *(Suspensão geral)*

Todos

(menos Electra) Que é?

Balbina

Ai! o que a menina foi fazer!

Electra

(à parte, batendo o pé) Descobriram-me!

Balbina

Santo nome de Jesus!... Do que ela se havia de lembrar!... *(rindo)* Não, que uma coisa assim!... Em nome do Padre...

Evarista

(impaciente) Acaba...

Electra

Eu confessarei, se me deixam. Foi que...

Balbina

Foi a casa do sr. D. Máximo, e roubou-lhe... com muita graça, mas roubou...

Urbano

O quê?...

Balbina

O menino mais pequeno! *(Olham todos para Electra, que prontamente se recompõe do susto e assume uma altitude serena e grave)*

Evarista

(a Electra) Isto que vem a ser?

Pantoja

Electra!

Balbina

Estava o menino dormindo muito sossegadinho. A senhorita e a maluca da Patros entraram pela casa dentro, às escondidas e em bicos de pés... Embrulharam-o, muito bem embrulhado, e fugiram com ele para cá.

Evarista

É inacreditável.

Pantoja

(reprimindo a sua irritação) E não é decente.

Electra

(com efusão) Tia! pois se nos queremos tanto, tanto d'alma!... eu a ele e ele a mim!

Marquês

(entusiasmado) Que exemplar mulher!

Cuesta

Merece todo o perdão.

Evarista

Máximo estará furioso a estas horas...

Balbina

O José já para lá foi a correr...

Urbano

E a criança onde está?

Balbina

Está no quarto da Patros. A menina escondeu-o lá até que ela de noite lh'o leve para dormir com a menina. *(Sorrisos dos homens, menos de Pantoja)* O menino acordou há um momento, e a Patros quis dar-lhe um biscouto para o entreter... Eu, que o ouço, acudo, e vejo-o... Virgem Maria! Quis pegar n'ele... Qual! estrebuchou e bateu-me... Tive de lhe dar uma palmadinha também...

Electra

(correndo para a esquerda com um impulso instintivo) Oh! meu querido amorzinho!

Pantoja

(procurando contê-la) Não.

Evarista

(segurando-a por um braço) Espera.

Balbina

(à porta da esquerda) Ainda se ouve chorar.

Electra

Pobrezinho d'ele!

Evarista

Que o levem para a sua casa.

Electra

Ninguém lhe toque... Ninguém se atreva a tocar-lhe... É meu. *(Desprende-se à força de Evarista e de Pantoja, que querem contê-la, e sai de uma corrida pela esquerda)*

CENA XVII

OS MESMOS E JOSÉ

Pantoja

(colérico, passando para a direita) Que falta de dignidade e de juízo!

José

(pressuroso, pelo jardim) Minha senhora...

Evarista

O sr. D. Máximo que disse?

José

Não sabia de nada. Está lá com uns senhores. Quando lhe contei pôs-se a rir... Como se nada!... Diz que o menino que está muito bem entregue à menina.

Urbano

Já é pachorra!

Evarista

(a José) Vais levá-lo a casa. Para que a menina aprenda.

Marquês

Voto por que a deixem gozar um pouco mais do seu lindo crime.

CENA XVIII

OS MESMOS E ELECTRA, pela esquerda, trazendo nos braços o menino, que tem pouco mais ou menos dois anos

Electra

Queridinho da minh'alma!

Evarista

Deixa o menino, e vamo-nos.

Urbano

São horas.

Cuesta

(ao Marquês) Eu, pela minha parte, acho que é um rasgo de maternidade. E aplaudo-o.

Marquês

Eu digo que é um lance angélico. E adoro-o.

Evarista

(querendo pegar no menino) Então, Electra?

Electra

(em passo ligeiro afasta-se dos que querem tirar-lhe o pequerrucho. Este abraça-lhe o pescoço) Não, não posso deixá-lo agora.

Evarista

Balbina, pega n'esse menino.

Electra

(passa de um lado para o outro, procurando um refúgio) Não! e não!

Urbano

Dá-m'o a mim.

Electra

Não!

Pantoja

(imperioso, a José) Pegue n'ele, José.

Electra

Não, já disse!... Ninguém lhe toca... É meu.

Evarista

Mas, filha, se temos de sair!

Electra

Saiam! vão com Deus. *(Vendo que o chapéu a inibe de abraçar e beijar o seu amiguinho, arranca-o rapidamente da cabeça e atira-o para longe. Continua a passear o menino, fugindo dos que lh'o querem tirar, e, sem ouvir, falando com o pequerrucho, que lhe deita os braços ao pescoço e a beija)* Dorme, dorme, meu amor. Não tenhas medo, filhinho... Dorme, que não te largo.

Evarista

Então vamos ou não vamos?

Electra

Eu não vou... Tens fome? tens sede, meu anjo? Eu te acalentarei... Deixa berrar esses egoístas todos, que se não lembram de que não tens mãe!

Pantoja

Mas tem quem olhe por ele.

Evarista

Basta! *(Imperiosa, aos criados)* levem-o para a sua casa.

Electra

(resolutamente, sem deixar que toquem na criança) A casa! a casa! *(Com passo decidido, sem olhar para ninguém, corre para o jardim e sai. Seguem-a todos com a vista, indecisos, não ousando dar um passo para ela)*

Pantoja

Que escândalo!

Evarista

Que loucura!

Marquês

Que juízo! o juízo mais perfeito da mulher! Achou o seu caminho.

FIM DO SEGUNDO ATO

ATO TERCEIRO

O laboratório de Máximo. Ao fundo, ocupando grande parte da parede, divisória com revestimento de madeira na parte inferior e envidraçada para cima. Este tapamento separa a Cena d'um vasto local, em que se veem máquinas e aparelhos para a produção de energia elétrica. A porta praticável no soco divisória comunica com a rua.

À direita, no primeiro plano, um corredor que dá passagem para o jardim dos srs. de Garcia Yuste. No último plano, uma porta de comunicação com a habitação de Máximo e com a cozinha. Entre a porta e o corredor, uma estante com livros.

À esquerda, porta de passagem para as casas em que trabalham os ajudantes. Junto a esta porta, uma estante com aparelhos de física e objetos de uso científico.

Ao fundo, dos dois lados do soco de madeira, prateleiras com frascos de diversas substancias e livros. No ângulo da direita um pequeno aparador.

À esquerda da Cena, a mesa do laboratório com os objetos que no dialogo se indicam. Fazendo ângulo com ela, a balança de precisão sobre um suporte de fabrica.

Ao centro pequena mesa de jantar, e quatro cadeiras.

CENA I

MÁXIMO, trabalhando n'um calculo, com grande atenção ao que está fazendo—ELECTRA em pé, arranjando os múltiplos objetos que estão na mesa: livros, capsulas, tubos de ensaio, etc. Veste com simplicidade caseira, e grande avental branco.

Máximo

(sem levantar os olhos do papel) Para mim, Electra, a dupla história que me contas, esse suposto poder dos dois cavalheiros, é um fato destituído de valor positivo.

Electra

(suspirando) Deus te ouça!

Máximo

Tudo se reduz a duas paternidades platônicas sem nenhum efeito legal... até agora. O mais feio do caso é a autoridade que quer assumir o sr. de Pantoja...

Electra

Autoridade opressiva, sufocante, que me tira o ar. Nem me fales n'isso, se não me queres amargurar a alegria de estar cá em casa!

Máximo

Deveras? assim te afliges?

Electra

Ainda mais: ponho-me n'esse estado singularíssimo de cabeça e de nervos... Já te contei... Em certas ocasiões da minha vida apodera-se de mim um desejo, fixo, fundo, absorvente, de tornar a ver a imagem da minha pobre mãe, como a via na minha meninez... Pois sempre que se agrava para mim a tirania de Pantoja, renasce o meu doloroso e invencível anseio; e sinto a perturbação nervosa e mental que me anuncia...

Máximo

A visão da tua mãe? Isso, rapariga, não é d'um espírito rijo e são. Aprende-me a governar essa imaginação... Trabalha-me para a frente, e à má cara. O ócio é o pior de todos os perturbadores da inteligência.

Electra

(muito animada) Cá estou seguindo à risca o que me mandaste fazer. *(Pega n'uns frascos de substancias minerais e leva-os para uma das estantes)* Estes frascos para o seu logar... Enquanto penso n'isto nem penso na fúria da tia logo que souber...

Máximo

(atento ao trabalho) A tia até há de acabar por gostar... Mas deixa que tu, também!... Não te bastou a loucura d'ontem... raptar insidiosamente o menino... Tornas a trazer-m'o... ficas-te a embalá-lo e adormecê-lo, muito mais tempo que o regular... E, não contente ainda com a saturnal d'ontem, pespegas-te hoje cá em casa, e aqui andas a sargentear, para uma banda e para outra, muitíssimo fresca da tua vida!... Ainda foi por Deus, que convidados para a distribuição dos prêmios e para o almoço em Santa Clara os tios ainda a estas horas ignorem o pulo medonho que a boneca deu da casa d'eles para a minha!

Electra

Tu é que me aconselhaste que me insubordinasse... "*Insubordina-te!*"

Máximo

Sim senhor: fui o instigador do delito... E gabo-me d'isso.

Electra

A minha consciência diz-me que não há mal nenhum no que faço.

Máximo

Pois está bem de ver que não há... Foi talvez para casa de um pulha que tu vieste!... Não faltaria mais nada senão que principiasse agora a haver mal em estar alguém na minha casa!

Electra

(trabalhando sempre e falando sem se distrair do que faz) Eu digo mais: estando tu esmagado de trabalho, só, sem criados, e estando eu para aí, de mãos a abanar, sem ter absolutamente nada que fazer, o que pareceria mal, o que seria indecente, é que eu não viesse...

Máximo

Cuidar de mim e dos pequenos... Efetivamente, se isso não é logica, digo-te que botemos luto, porque já não há logica no mundo!

Electra

Queridos pequerruchinhos! Toda a gente sabe que os adoro... São a minha paixão, o meu fraco... *(Máximo, abstraído n'uma conta, cessa de dar atenção ao que ouve)* Chega-me a parecer... *(Aproxima-se da mesa levando uns livros que não estavam no seu lugar)*

Máximo

(vagamente) Quê?

Electra

Que nem a sua própria mãe lhes quereria tanto como eu!

Máximo

(satisfeito com o resultado do seu calculo, lendo em voz alta uma cifra) Zero, trezentos e dezoito... Fazes favor de me dar as *Tabelas de resistências...* aquele livro encarnado...

Electra

(correndo à estante da direita) Não é este?

Máximo

Mais adiante.

Electra

É verdade... que tola!

Máximo

Fica-te muito bem,—sabes?—que em tão pouco tempo conheças todos os meus livros e os seus lugares na estante...

Electra

Não dirás que te não pus tudo muito arranjadinho.

Máximo

Não; e darei graças a Deus, porque entrou finalmente n'este antro, revolto e poeirento, a limpeza e a ordem!

Electra

(desvanecida) Confessas então que não sou absolutamente, absolutamente inútil?

Máximo

(olhando com fixidez para ela) Não há nada inútil na criação. Quem te diz a ti que te não criou Deus para altos destinos? Quem te diz que não virás a ser...

Electra

(ansiosa) O quê?

Máximo

Uma alma grande, formosa e nobre, que está por hora meia afofada ainda na serradura e na estopa de uma boneca?

Electra

(com alegria) Pai do céu, se assim fosse! *(Máximo levanta-se e, na estante da esquerda, pega n'umas barras de metal, que examina)* Nem me digas isso que me entonteces de alegria... Pode-se cantar?...

Máximo

Podes cantar... *(Electra repete trauteando o andante de uma sonata)* A boa música é a espora das ideias preguiçosas, que não afluem; e é o gancho que puxa pelas que estão agarradas de mais ao fundo do entendimento.

Canta, companheira, canta... *(Prossegue atento à sua ocupação)*

Electra

(à estante do fundo) Continuo coordenando isto. Os metaloides para este lado. Já os conheço pelos rótulos... Como este trabalhito entretêm! Era capaz de ficar aqui todo o santo dia...

Máximo

(jovial) Camarada!

Electra

(correndo para ele) Que manda o mágico?

Máximo

Eu não mando por ora. Proponho. *(Pega n'um frasco que contém um metal em limalha)* Se a menina mágica quer colaborar comigo há de fazer favor de me pesar trinta gramas d'este metal.

Electra

Peso.

Máximo

Sabes já pesar na balança de precisão...

Electra

Perfeitamente. Dá cá. *(Alegre, contente, ao deitar o metal na capsula, admira-lhe a beleza)* É lindo! Que é isto?

Máximo

É alumínio. Parece-se contigo. Pesa pouco...

Electra

Ah! eu então?...

Máximo

Pesa pouco, mas é extremamente tenaz. *(Olhando-lhe para a cara)* Tu também?

Electra

Em coisas que eu cá sei, sou tenaz até à barbaridade, e, chegado o momento, estou certa de que o seria até ao martírio. *(Continua pesando sem interromper a operação)*

Máximo

Que coisas são essas?

Electra

Que te importa! Tu és o mágico, mas eu é que magico... comigo, às vezes.

Máximo

(atento ao trabalho) Pesas-me depois setenta gramas de cobre. *(Dá-lhe outro frasco)*

Electra

O cobre então serás tu... Não: é também feio de mais para se parecer contigo.

Máximo

É feio, mas útil.

Electra

Compara-te antes ao ouro, que é o que vale mais.

Máximo

Nada de ditos! Estás a desmoralizar-me o laboratório.

Electra

Dá ao menos licença de que me reveja nas qualidades do metal bonito que se parece comigo... Sou tenaz... Não me quebro... Farás favor de o dizer à tia e ao tio Urbano, que, no sermão que me pregaram esta manhã, por umas quarenta vezes me disseram que sou frágil... Frágil, eu!

Máximo

Não sabem o que dizem.

Electra

Sabem lá eles... nem o que é o alumínio, nem o que eu sou!

Máximo

Mas toma sentido, que te não equivoques no peso!

Electra

Equivocar-me eu! Pateta! Eu tenho muito mais tino do que ninguém cuida!

Máximo

Já vou vendo, já vou vendo! *(Dirige-se a uma das estantes em procura d'um cadinho)* A tia, quando chegar a casa, é que lhe há de custar um pouco mais a compenetrar-se de que tenhas todo o tino que dizes...

Electra

Deus, que vê os corações, sabe se eu tenho culpa! Porque é que a tia não deixa que eu venha para cá?

Máximo

(voltando com o cadinho que escolheu) Por que tu és uma menina solteira, e as meninas solteiras não podem ficar assim em casa d'um homem só, por mais honrado e por mais digno que ele seja.

Electra

Pois, senhor, não haja dúvida que, por essa regra, estão divertidas as pobres meninas solteiras! *(Termina o peso e apresenta os dois metais pesados nas suas duas capsulas de porcelana)* Aqui tens o alumínio e o cobre.

Máximo

(pegando nas capsulas) Um primor. Que limpeza de mãos... Que firmeza de pulso, e que serenidade de atenção para não fazer d'isto uma trapalhada! Estás fina.

Electra

Estou contente apenas. Quando se tem a alegria tudo corre bem.

Máximo

Aí disse a colega uma importantíssima verdade. *(Verte os dois corpos no cadinho)*

Electra

Isso é um cadinho, não é?

Máximo

Sim senhor, para fundirmos os dois metais.

Electra

Para nos fundirmos tu e eu, se não pegarmos à bulha no meio do fogo... *(Trauteia a sonata)*

Máximo

Faze favor de chamar o Ricardo.

Electra

(correndo à porta da esquerda) Ricardo!

Máximo

Que venha também o Gil.

Electra

Gil! Venham ambos, que manda o mestre... não se demorem!

CENA II

ELECTRA, MÁXIMO, RICARDO E GIL, o primeiro vestido de operário, com blusa, o segundo em traje burguês, com mangas de alpaca, pena na orelha

Gil

(mostrando um calculo) Aqui está o valor obtido.

Máximo

(lê rapidamente a cifra) 0,158,073... Está errado *(Seguro do que diz e com certa severidade)* Não é possível que para um diâmetro de cabo menor de quatro milímetros obtenhamos um circuito maior, segundo o teu calculo. A verdadeira distância deve ser inferior a duzentos quilômetros...

Gil

Não sei então... eu... *(Confuso)*

Máximo

Está mal. É que te distraíste.

Electra

É que vocês, coitados, não têm... a atenção serena...

Máximo

Enquanto fazeis os cálculos estais a pensar em histórias da carocha.

Electra

E a conversar, a falar de touros, de teatros, da política... assim não fazemos nada.

Gil

Vou retificar as operações.

Electra

E, sobretudo, muita paciência, muita contensão, todos os cinco sentidos!... Senão tornamos à mesma.

Gil

Vou ver isto.

Máximo

Anda lá e não te descuides *(Gil sai e Máximo, virando-se para Ricardo, entrega-lhe o cadinho)* Aqui tens.

Ricardo

Para fundir...

Máximo

Está preparado o forno?

Ricardo

Sim senhor.

Máximo

Mete imediatamente, e quando esteja em fusão, avisa. Com esta aleação vamos fazer um novo ensaio de condutibilidade... Espero chegar aos duzentos quilômetros com perda escassíssima.

Ricardo

Faz-se o ensaio hoje?

Máximo

(atormentado por uma ideia fixa) Sim, quanto antes. Não abandono este problema. *(A Electra)* É a minha ideia fixa, que me não deixa viver.

Electra

Ideia fixa também eu tenho uma, e por ela vivo. Avante!

Máximo

Avante, Electra! Avante, Ricardo!

Ricardo

Não manda mais nada, patrão?

Máximo

Que atives a fusão.

Electra

Que se fundam bem os metais!

Ricardo

Hão de ficar os dois em um só, senhorita.

Electra

Dois n'um.

Máximo

(como preparando-se para outra ocupação) Agora, minha graciosa discípula...

Electra

Agora há de o mestre perdoar, mas tenho de ir ver se acordaram os meninos.

Máximo

Há quanto tempo comeram?

Electra

Há três quartos d'hora. Devem dormir meia hora mais. Está bem regulado assim?

Máximo

Está bem tudo o que determines.

Electra

Olha o que dizes, que estarás por tudo...

Máximo

(carinhosamente) Por tudo.

Electra

Que se fique sabendo!... Eu venho já. *(Sai ligeira e cantando pela esquerda. Entra ao mesmo tempo um operário, pelo fundo)*

CENA III

MÁXIMO E O OPERÁRIO

Máximo

Que há?

Operário

Veio aquele senhor, o Marquês de Ronda...

Máximo

Porque não entrou?

Operário

Perguntou pelo patrão... Disse-lhe que tinha uma visita... Ele então, como pessoa da casa, logo disse: "Já sei... há de ser a senhorita Electra... Voltarei logo".

Máximo

Porque lhe não disseste que entrasse, meu pascácio?

Operário

Como me disse que voltava...

Máximo

Pois sempre que vier, que entre, esteja que não esteja a senhorita Electra, e sobretudo estando.

Operário

Assim se fará. *(Sai pelo fundo)*

CENA IV

MÁXIMO E ELECTRA

Electra

(voltando do interior da casa) Dormidinhos como dois anjos... até d'aqui a meia hora...

Máximo

E os adultos não comem? não se almoça hoje n'esta casa?

Electra

Quando queiras. Está feito o almoço. *(Dirige-se para o aparador, onde está a pequena baixela: talheres, toalha, guardanapos, fruteira)*

Máximo

É como deve ser... Tudo a horas... assim se chega sempre ao que se quer.

Electra

(estendendo a toalha) Ao que eu quero não chegarei nunca por mais pontualidade que ponha...

Máximo

Deixa-me ajudar-te... *(Vai-lhe passando os pratos, os talheres, o pão, o vinho)* Chegas, sim.

Electra

Achas?

Máximo

Acho. Tão certo que chegas como que tenho uma fome de cinquenta cavalos de força.

Electra

Melhor, para que te agrade o almoço.

Máximo

A ele!

Electra

N'um minuto. *(Sai)*

CENA V

MÁXIMO E GIL

Máximo

Bendita seja essa mulherzinha preciosa, que tão simples, tão instintiva, tão ingenuamente, traz a sua grande alma inquieta, torturada e nua, a inundar de alegria e de luz este esconderijo da ciência, transformando tão estreita aridez em tão vasto paraíso! Bendita a que com um mero sorriso de criança vem arrancar da sua abstração consumidora este pobre Fausto, envelhecido aos trinta e cinco anos, e dizer-lhe: "Nem só de verdades se vive!" *(Interrompe-o Gil, que tem entrado um pouco antes e se aproxima sem ser visto)*

Gil

(satisfeito mostrando o calculo) Pronto. Creio ter achado a cifra exata.

Máximo

(pega no papel e olha-o vagamente, sem se fixar) A exatidão!... E também tu pensarás que só de coisas exatas vive o homem!? Saturada de certeza, a alma insaciada apetece, mais que tudo, o que é apenas o sonho, e voa para ele, avassalada e rendida, sem nem sequer tentar saber se é para a realidade, se para a ilusão, que voa!... Considerando bem, Gil, nada mais natural do que um equivoco de calculo.

Gil

Sim, senhor, muito facilmente se distrai uma pessoa pensando em...

Máximo

Em coisas vagas, indefinidas, aéreas, vaporosamente iluminadas de cor de rosa e d'azul...

Gil

Eu, distraído, confundi a cifra da potencial com a da resistência... Mas já retifiquei... Queira ver se está bem.

Máximo

(lê) 0,318,73... *(Com repentina transição para um gozo expansivo)* Homem! e que não estivesse! Se ainda errasses outra vez?... A exatidão dos matemáticos perdoaria, por hoje, à nossa fantasia de poetas.

Gil

Ah! a exatidão não perdoa nunca: é a tirania da nossa vida; oprime-nos, escraviza-nos, não nos deixa respirar.

Máximo

Essa mestra implacável também algumas vezes nos sorri, nos acalenta e nos encanta. Vês essa cifra?

Gil

(contente, dizendo de memória) 0,318,73.

Máximo

Pois sabe que nunca os maiores poetas do mundo, Virgílio ou Homero, Dante, Lope de Vega ou Calderon escreveram estrofe mais inspirada e mais poética do que é hoje para mim a d'esses míseros números! É verdade que a harmonia, o encanto poético não é n'eles que está. Está em que... Adeus, vae almoçar... Deixa-me, deixa-nos... *(Afasta-o com a mão para que saia. No ponto da Cena em que pode olhar para o interior da habitação)* Ali é que está a imaginação, a poesia, o ideal, no fundo d'essa cozinha, onde n'este momento ondula a mais altiva e a mais virginal flor da inocência, da candura e da bondade humana.

CENA VI

MÁXIMO E ELECTRA

Electra

(entrando com uma terrina fumegante) Aqui está o banquete.

Máximo

A ver o que se fez! arroz com menudilhos... O tema é digno de Lucullo.

Electra

Elogia-o sem provar: está superfino. *(Senta-se)* Vou-te servir. *(Servindo-o)*

Máximo

Não tanto.

Electra

Olha que não tens mais nada... Acho que se não deve ter mais d'uma coisa... e escolher a melhor.

Máximo

Meu Deus! o que diria a tia, se agora nos visse aqui almoçando juntos...

Electra

Um almoço feito por mim!

Máximo

Sabes que está maravilhoso o teu arroz?

Electra

Foi minha mestra, em Hendaya, uma senhora Valenciana. Eu fiz um curso de arrozes. Sei-os fazer de sete maneiras diferentes, todos riquíssimos.

Máximo

Decididamente és todo um mundo novo.

Electra

E quem é o meu Colombo?

Máximo

Não há Colombo que ousasse descobrir-te. Tu és um mundo que aparece.

Electra

Será talvez por eu ser um mundosito assim desconhecido, que querem meter-me no convento para me livrar do perigo de que deem comigo. E é o que me espera...

Máximo

D'essa é bem natural que não escapes.

Electra

(assustada) Que dizes!

Máximo

Quero dizer: escapas... porque te hei de salvar eu.

Electra

Prometeste-me o teu amparo.

Máximo

E dou-t'o.

Electra

Que tencionas fazer?

Máximo

Eu te digo: o negócio é grave...

Electra

Falas com a tia, já se sabe...

Máximo

Falo com a tia...

Electra

E que lhe dizes?

Máximo

Falo com o tio...

Electra

Façamos de conta que se acabaram todos os tios com quem fazes tenção de falar. E depois?

Máximo

Depois, tendo-te provisoriamente abrigado no mais inviolável sacrário, procederei minuciosamente ao exame e à seleção dos noivos. E sobre este assumpto temos que conversar...

Electra

Vais ralhar-me?

Máximo

Não: já me disseste que te enfastia esse brinquedo de bonecos vivos.

Electra

Cuidei que me distrairiam, e cada vez me entristeciam mais!

Máximo

Nenhum d'eles te inspirou um sentimento especial, distinto do dos outros?

Electra

Nenhum!

Máximo

Declararam-se todos por escrito?

Electra

Uns por escrito; outros por meio de olhares espantosos, que nunca cheguei a compreender bem o que quisessem exprimir, e por isso não meto estes em conta...

Máximo

Perdão: têm de entrar todos no rol: epistolares e olheiros. E aqui chegamos ao ponto sobre que devo dar-te, desde já, a minha sincera opinião: casa-te, Electra; casa-te quanto antes!

Electra

(envergonhada, baixando os olhos) Assim... tão breve!...

Máximo

O mais breve possível. Precisas de ter a teu lado um homem, um marido. Tens a alma, a tempera, os instintos e as virtudes da casa conjugal. É portanto forçoso que da grande lista dos teus pretendentes se escolha um, o melhor, o mais digno de te amar e de ser amado por ti, porque, sem amor, considera bem que não há família.

Electra

Estou certa.

Máximo

E tu nasceste destinada para a vida exemplar e fecunda de um lar feliz... *(Têm acabado de comer o arroz)*

Electra

Queres mais?

Máximo

Não: estou satisfeito.

Electra

De sobremesa tens fruita, que é do que mais gostas. *(Põe na mesa o fruteiro)*

Máximo

(pegando n'uma bela maçã) Gosto, porque esta *(mostrando-lhe a maçã)* é a verdade em toda a sua pureza. Aqui não interveio a mão do homem senão para a colher.

Electra

É a obra divina, bela, simples, admirável.

Máximo

Faz Deus esta prodigiosa maravilha para a dar ao homem; e nem sempre lh'a agradece aquele que foi eleito para em certo dia e a certa hora passar por baixo da macieira em furto!

Electra

Quantas vezes basta, para colher a felicidade, esquecer-se a gente por um momento da terra, e levantar os olhos para cima!

Máximo

(contemplando-a) Pois é o que eu faço, Electra.

CENA VII

ELECTRA, MÁXIMO E RICARDO, pela esquerda

Ricardo

Mestre...

Máximo

Quê?

Ricardo

Chegamos ao rubro.

Electra

A fusão!

Máximo

Avisa-me ao branco incipiente.

Ricardo

Virei dizer.

Máximo

Olha. Que preparem na oficina a bateria Bunsen. E previne de que hei de precisar para logo do dínamo grande.

CENA VIII

ELECTRA E MÁXIMO, depois o OPERÁRIO

Electra

(com tristeza) D'aqui a um instante vais tratar da fusão, e eu...

Máximo

Tu—está claro—irás para casa.

Electra

Nem é bom pensar no que vae ser quando eu chegue!

Máximo

Tu ouves, calas-te, e esperas.

Electra

Esperar... esperar sempre! *(Acabam de almoçar)* Ai que, se tu me não vales, não sei o que será de mim, com a tia e com o sr. de Pantoja... Eles a teimarem que eu vá para anjo, e Deus a desajeitar-me cada vez mais para a carreira angelical!

Máximo

(que se tem levantado e parece disposto a continuar o trabalho) Não tenhas cuidado. Confia em mim. Eu te irei requerer como teu protetor e teu mestre...

Electra

(aproximando-se suplicante) Não te demores então, Máximo. Por amor dos teus filhos, não te demores. Se tu me tomasses também como filha, para estar com os meninos, para viver com eles!

Operário

(pelo fundo) O sr. Marquês de Ronda.

Electra

(assustada) Vou-me embora?

Máximo

Por vir o Marquês? *(Ao criado)* Que entre. *(O operário sai)* Oferecia-se-lhe café, se houvesse.

Electra

Vou buscá-lo. *(Sai com pressa)*

CENA IX

MÁXIMO, MARQUÊS E ELECTRA. No fim da Cena, RICARDO

Máximo

Entre, Marquês.

Marquês

Máximo... *(Olhando em redor, desconsolado)* E Electra?

Máximo

Na cozinha. Foi buscar-nos café.

Marquês

Na cozinha! Continua-se vivendo então n'esta casa como na ilha de Robinson? Aí está o que não compreendo: como tendo você lá em cima todos os confortos d'um palácio...

Máximo

É muito simples... O trabalho e o hábito do estudo enclausuram-me aqui. Pus os pequenos ao lado da oficina para os ter ao pé de mim; e, reduzindo o mais que me foi possível a minha orbita d'ação, para aqui me fiquei, recluso no dever que me impus, como um asceta na estreiteza da sua gruta.

Marquês

Sem nem sequer se lembrar de que é rico...

Máximo

A minha riqueza é a singeleza, o meu luxo é a sobriedade, o meu repouso é o trabalho, e assim viverei enquanto viver só...

Marquês

Não tardará então muito em mudar de vida... Precisamente lhe venho contar... *(Entra Electra com a bandeja contendo o serviço e a máquina de café)* Oh! a deusa do lar!

Electra

(adianta-se cautelosa de que não caia alguma peça) Por Deus, Marquês, não me ralhe.

Marquês

Eu ralhar?

Electra

Nem me faça rir... para não haver um desastre. Sentido! *(O Marquês pega na bandeja)*

Marquês

Aqui me tem para companheiro de infortúnios... Ainda então lhe parece que eu seja dos que ralham? Eu sou dos que explicam. Mas não pertencem a esta seita os senhores ali do outro lado do jardim...

Electra

Os tios.

Marquês

A notícia do lindo idílio, que se está passando aqui como na inverosimilhança de uma tapeçaria ou de um pano de leque, lá chegou já à distribuição dos prêmios em Santa Clara, onde a estas horas estará deliberando o conclave. As suas resoluções serão terríveis.

Electra

A Virgem Maria me valha!

Marquês

Sossegue...

Máximo

Isso tem de ser agora comigo.

Marquês

Será conosco. O seu café, minha menina, está digno de Júpiter, pai dos deuses: é do que eles tomam no olimpo, aos domingos.

Máximo

Segue-se, Electra, que em vez de regressar sozinha, teremos de ir ambos levar-te aos srs. de Yuste.

Ricardo

(assumando à porta da esquerda) Sr. D. Máximo, o branco incipiente!

Electra

(com inconsciente alegria infantil) A fusão!

Máximo

(a Ricardo) Não posso agora. Chama-me quando chegar o branco resplandecente. *(Ricardo sai)*

Marquês

Peço licença... *(Tendo-se servido de vinho)* Eu brindo o himeneu dos metais, saudando os cadinhos do mágico prodigioso.

CENA X

MÁXIMO, ELECTRA, MARQUÊS E PANTOJA

Electra

(aterrada) D. Salvador! Deus me acuda!

Máximo

Queira entrar, sr. de Pantoja. *(Pantoja adianta-se lentamente)* A que devo a honra...?

Pantoja

Antecipando-me aos meus bons amigos, tios d'esta menina, que d'aqui a um momento terão voltado a casa, aqui me acho resolvido a cumprir o dever d'eles e o meu.

Máximo

A família toda consubstanciada no sr. de Pantoja...

Marquês

Para meter medo à gente.

Máximo

Considera-nos réus d'algum tremendo crime...

Pantoja

Não considero senão unicamente que esta menina não pode estar aqui. Venho buscá-la. Há de sair comigo. *(Pega na mão de Electra, insensível, imobilizada pelo medo)* Vem.

Máximo

Queira perdoar *(Sereno e grave, aproxima-se de Pantoja)* Com todo o respeito que lhe devo, rogo-lhe, sr. de Pantoja, que solte a mão d'esta senhora. Antes de lhe tocar, teria sido mais oportuno que falasse comigo, que sou o dono d'esta casa, e o responsável de tudo o que n'ela se passa, de tudo o que vê... e de tudo o que não queira ver.

Pantoja

(depois de uma breve hesitação larga a mão de Electra) Seja assim. Deixarei de dirigir-me a esta pobre criatura, desvairada ou trazida aqui ao engano, e falarei contigo, a quem quisera dizer apenas muito breves palavras:—Venho buscar Electra. Dá-me o que não te pertence, o que não te pertencerá nunca.

Máximo

Electra é inteiramente livre. Nem eu a trouxe aqui contra sua vontade, nem contra sua vontade a levará d'aqui quem quer que seja.

Marquês

Se se pudesse, pelo menos, conhecer os fundamentos da autoridade do sr. de Pantoja...

Pantoja

Eu não preciso de lhes dizer, aos senhores, qual é a proveniência da autoridade de que disponho, e que esta menina me reconhece, prestando-me a obediência que lhe peço. Não é verdade, Electra, que basta uma palavra minha para imediatamente te separar d'estes homens, e levar-te para quem depositou em ti o seu mais puro amor, e nem vive nem quer viver na terra senão para ti? *(Electra, imobilizada, olhando para o chão, cala-se)*

Máximo

Não, bem vê que não basta essa única palavra sua.

Marquês

Não oferece dúvida que é uma palavra boa, mas insuficiente.

Máximo

Quer permitir que a interrogue eu? Electra, minha querida amiga, assegura-te o coração e a consciência que entre todos os homens que conheces, entre os que vês aqui e os que não estão presentes, é somente e exclusivamente ao muito dedicado e ao muito respeitável sr. de Pantoja que tu deves submissão e amor?

Marquês

Fale abertamente e destemidamente, menina! Diga-nos o que o seu coração e a sua consciência lhe ditarem.

Máximo

E se este senhor, a quem indubitavelmente deves toda a consideração e todo o respeito, te ordenar que o sigas, e nós outros te dissermos que fiques, de tua livre e plena vontade, que determinas?

Electra

(depois de penosa luta) Ficar.

Marquês

Já vê...

Pantoja

Não está em si... Fascinaram-a.

Máximo

Parece-me inútil a insistência...

Marquês

Para acabar vencido...

Pantoja

(com fria tenacidade) Eu não sou dos que os homens vencem. A razão é vencedora sempre, e eu seria indigno da que Deus me deu, e que defenderei até o meu derradeiro alento, se a não pusesse continuamente acima de todo o erro e de todo o extravio. Máximo, os metais que ardem nos teus fornos são menos duros do que eu. As tuas mais poderosas máquinas são brinquedos de vidro comparadas com a minha vontade. Electra pertence-me: basta que eu o diga.

Electra

Que terror, meu Deus!

Máximo

Se quer assegurar-se do que pode a sua vontade oponha-a à minha.

Pantoja

Dispenso demonstrações contigo ou com quem quer que seja. Basta-me saber o que devo fazer, e fazer o que devo.

Máximo

Pois toda a minha força é essa: o dever.

Pantoja

O teu dever é uma hipótese terrena e acidental. O meu gira em torno de uma consciência tão rija e tão forte como o eixo do universo; e os meus fins são tão altos que nem tu os alcanças nem poderás alcançá-los nunca.

Máximo

Por mais incomensurável que seja a elevação dos seus fins, pelo amor de Electra eu irei a toda essa altura, para a defender.

Marquês

Esta senhora voltará conosco à sua casa.

Máximo

Comigo. E isso bastará para justificação de todos os seus atos, e para que os tios lhe perdoem, se têm que perdoar-lhe.

Pantoja

Os senhores de Yuste não renegarão n'esta conjuntura os sentimentos e as convicções de toda a sua vida. *(Exaltando-se)* Eu estou no mundo unicamente para que Electra se não perca. E não se há de perder. Assim o quer a vontade divina, de que a minha é um reflexo, e que vós confundis com um capricho da brutalidade humana, porque não sabeis nada do que são nas puras regiões espirituais as empresas de uma alma... Pobres cegos! pobres loucos!...

Electra

(consternada) D. Salvador, não se desgoste—por Nossa Senhora lh'o peço! Eu não sou má, Máximo é bom... Sabem-o todos... Sabem-o os tios... e o sr. de Pantoja bem o sabe! Não deveria sublevar-me até o ponto de vir para aqui sozinha, como determinei vir... Foi um ato de grave rebeldia, concordo. Voltarei para casa... Máximo e o sr. de Ronda irão comigo, e os tios hão de perdoar-me... *(A Máximo e ao Marquês)* Não é verdade que me perdoarão? *(A Pantoja)* Porque é esta má vontade a Máximo, que nunca lhe fez mal nenhum?... Confessa—pois não é assim?—que ele nunca lhe fez nem lhe quis mal? Em que se funda essa aversão?

Máximo

Não é aversão: é ódio recôndito, inextinguível.

Pantoja

Odiar-te, não. As minhas crenças proíbem-me o ódio. De certo que há entre nós ambos uma incompatibilidade proveniente da nossa diferença de princípios... Teu pai, Lázaro Yuste, e eu, tivemos desavenças profundas, que é melhor esquecer... Mas a ti, Máximo, nunca te quis mal... Antes te quero bem. *(Mudando de tom para mais suave e conciliador)* Perdoa a severidade com que te falei, e permite que, fazendo um grande esforço sobre mim, eu te implore que deixes Electra partir comigo.

Máximo

(inflexível) Não posso anuir.

Pantoja

(violentando-se mais) Por segunda vez, Máximo, esquecendo todos os ressentimentos, profundamente humilhado, eu te suplico... Deixa-a.

Máximo

Não.

Pantoja

(devorando o vexame) Bem... Pela segunda vez m'o negaste... Para oferecer às tuas bofetadas não tenho mais de duas faces, por isso te não peço por terceira vez a mesma coisa. *(Com gravidade e rigidez)* Adeus, Electra... Máximo, Marquês, adeus.

Electra

(baixo a Máximo) Por quem és, Máximo, transige um pouco...

Máximo

(redondamente) Não.

Electra

Não disseste que me levaríeis, tu e o Marquês? Vamos todos. *(Esta frase é ouvida por Pantoja que se detêm na sua marcha lenta para a saída)*

Máximo

Não... Há de ir primeiro ele. Nós iremos quando nos convenha, e sem a salvaguarda de ninguém.

Pantoja

(friamente da porta) E a que vais senão a agravar a situação d'essa menina?

Máximo

Vou ao que devo ir.

Pantoja

Pode-se saber o que é?

Máximo

Escusado.

Pantoja

Não preciso de que me reveles as tuas intenções. Para quê, se as conheço? *(Dá alguns passos para o centro da Cena, cravando a vista em Máximo)* Não me fio na expressão dos teus olhos. Penetro na tua mente, e descubro o que pensas... Interroguei-te, não para saber da tua intenção mas para ouvir as promessas com que a encobres... Em ti não mora a verdade, nem o bem... não, não, não... *(Sai repetindo as últimas palavras)*

CENA XI

ELECTRA, MÁXIMO, MARQUÊS E RICARDO (Principia a escurecer)

Electra

(consternada, procurando um refúgio em Máximo) Máximo, ampara-me! Livra-me do terror que me inspira este homem.

Máximo

Conta comigo. Não tenhas medo. *(Pega-lhe nas mãos)*

Marquês

Começa a escurecer. Vamos.

Electra

Vamos... *(Incrédula e medrosa)* Então, deveras, sempre vou contigo?

Máximo

Juntos n'esta hora, como o seremos para toda a vida...

Electra

Contigo para sempre? *(Aumenta a escuridão)*

Ricardo

(à porta da esquerda) Sr. D. Máximo, o branco deslumbrante!

Marquês

(a Ricardo) A fusão está feita. Creio que se podem apagar os fornos.

Máximo

(com efusão beijando as mãos de Electra) Minha alma, minha consolação, minha alegria! contigo para todo sempre... O que vou dizer aos nossos tios é que te peço, que te faço minha, que serás a minha mulher e a mamãezinha dos meus filhos.

Electra

(oprimida, como se a alegria a transtornasse) Não me enganas?... Virei a viver sempre com os teus meninos? Serei entre eles a menina maior?... Serei tua mulher?

Máximo

(com voz forte) Sim. *(Iluminada a casa do fundo, resplandece com viva claridade toda a Cena)*

Marquês

Vamo-nos. É noite.

Electra

É o dia!... o meu dia eterno! *(Máximo enlaça-a pela cintura e saem. O Marquês segue-os)*

FIM DO TERCEIRO ATO

ATO QUARTO

Jardim do palácio de Garcia Yuste. À direita, a entrada para o palácio, com escadaria larga de poucos degraus. À esquerda, jogando com a entrada, um corpo de arquitetura grutesca, ornado com baixos-relevos: junto d'esta construção, um banco de pedra, em ângulo, de risco elegante. Jarrões ou plantas exóticas adornam este terraço, com pavimento de mosaico, entre o edifício e o solo areado do jardim.

No segundo plano e no fundo, o jardim com grandes árvores e maciços de flores. Do centro partem três arruamentos em curva. O da esquerda leva à rua. Cadeiras de ferro. É de dia.

CENA I

ELECTRA E PATROS, com um cesto de flores que acabam de colher

Electra

(tirando uma carta da algibeira) Deixa ficar as flores, e aqui tens a carta.

Patros

(pousando as flores) Com esta faz três desde esta manhã!

Electra

(escolhendo as flores mais pequenas com que forma três ramalhetes) São tantas as coisas que Máximo tem que me dizer, e eu a ele...

Patros

Bendito seja Deus, que da noite de ontem para hoje tanta felicidade lhe deu, senhorita Electra!

Electra

E que depressa, Patros! que rapidamente! como n'um sonho, que tudo se fez! Ontem à noite fiquei pedida, e hoje marcam os tios o dia do casamento...

Patros

E no entanto, carta para lá, carta para cá... de não acabar nunca...

Electra

Que queres? Se desde ontem nos não podemos ver como companheiros, na fabrica, porque somos noivos agora... Temos de nos corresponder por escrito. Na carta das oito horas e um quarto falava-lhe das coisas muito serias que estou impaciente por dizer-lhe. Na das nove e vinte e cinco recomendava-lhe que se não esquecesse da colher de xarope que tem de se dar a Pepito de duas em duas horas... N'esta agora digo-lhe que a tia foi para a missa e que tem demora... É natural que ele lhe queira falar...

Patros

Até às onze horas de certo que não volta a senhora da igreja...

Electra

E às onze vou eu para a missa com o tio. *(Atando os três ramalhetes)* Pronto! Este para ele, estes para cada um dos meninos... Um a cada um para que não briguem... *(Dispondo-se a compor o ramo grande)* E agora o ramo grande para a Senhora das Dores... Vae, e volta depressa para me ajudares... Espera resposta—é claro—uma palavra que seja!

Patros

Vou de corrida. *(Sai pelo fundo)*

Electra

(escolhendo as mais lindas flores para o grande ramo) Hoje, minha querida Mãe Santíssima, há de ser maior a minha oferenda; e a minha pena é que não seja tão grande que fique sem uma só flor o jardim dos tios... Diante da tua santa imagem queria eu hoje colocar todas as mais lindas coisas da terra: as rosas, as estrelas e os corações amantes... Virgem Maria! consolação e esperança nossa! não me desampareis, levai-me ao bem que te pedi, e que ontem à noite me prometeu a expressão dos teus divinos olhos quando as minhas lágrimas te disseram a gratidão e a esperança da minha alma...!

Patros

(pressurosa pelo fundo) Não trago carta, mas trago um recadinho, que ainda é melhor...

Electra

Que vem cá?

Patros

Logo que saiam uns senhores, que estavam já a despedir-se... Que a menina o espere aqui para lhe falar um momento... Tem de ir a uma conferencia depois...

Electra

(olhando para o fundo) Virá já?...

Patros

Aí vem.

Electra

(dando-lhe o ramo) Toma lá... para Nossa Senhora... Para a Nossa Senhora do meu quarto, bem entendido! Não é para a do altar do oratório, toma sentido: é para a da cabeceira da minha cama.

Patros

Pois pudera! *(Entra correndo pela escada)*

CENA II

ELECTRA, MÁXIMO, depois o MARQUÊS

Máximo

(a distância, abrindo um pouco os braços) Menina!

Electra

(mesma atitude) Máximo!

Máximo

Aqui estamos embaçados, diante um do outro, sem saber que dizer.

Electra

Embaçadíssimos. Começa tu.

Máximo

Tu... para te desacanhares... Dize-me uma grande mentira: que me não amas.

Electra

Dize-me primeiro tu uma grande verdade.

Máximo

Que te adoro. *(Aproximam-se)*

Electra

Em paga d'essa mentira toma esta rosa que te escolhi, sem brilho, pequena, singela, humilde, como eu quero ser para ti.

Máximo

Tu tens um grande coração e um alto espírito...

Electra

Não tenho; mas gostava de ser ainda mais tosca e mais informe do que sou para que tu me ensinasses tudo, e eu não tivesse nada que não fosse teu.

Máximo

Deus fez de ti a sua obra mais preciosa...

Electra

E deu-te essa obra, que é apenas o esboço d'uma criatura humana, para que tu a completes e aperfeiçoes.

Máximo

Para que eu a entronize e a coroe, deixando desenvolver-se d'ela a imortal flor de humanidade, que é a simples mulher da casa, forte, pura, alegre e compadecida. *(Consulta o relógio)*

Electra

Tens essa conferencia... Vae à tua obrigação... Não te demorarás muito?

Máximo

Virei encontrar-me com a tia quando ela vier da missa.

Electra

E o Marquês, desde ontem... voltou como tinha dito?

Máximo

Deixei-o agora na fabrica a escrever ao tabelião. Incomparável amigo!... Ontem à noite—sabes?—contei-lhe, ao voltar para casa, o teu romance paterno... esse romance dos dois capítulos... Indignou-o a intervenção despótica de Pantoja e de Cuesta na tua vida; e essa lamentável história mais ainda o fortaleceu na firme determinação de defender-nos...

Electra

(surpreendida) Mas então precisamos ainda de que nos defendam?

Máximo

No essencial é claro que não... Mas quem nos assegura que esses dois homens não tentem opor-nos alguns obstáculos de jurisdição teórica?

Electra

(tranquilizando-se) D'essa jurisdição nos riremos nós.

Máximo

Mas rindo, rindo, teremos de a prevenir e de a anular.

Marquês

(pressuroso pelo fundo) Então ainda aqui?

Máximo

Falávamos de si, e deliberávamos nomeá-lo procurador dos nossos negócios de família...

Marquês

Aceito a procuração... *(Repreendendo-o com doçura)* Mas, homem, que se lhe faz tarde!

Máximo

Adeus, adeus! até já.

Electra

(vendo-o partir) Vae, e vem depressa.

CENA III

ELECTRA E O MARQUÊS

Marquês

Aí está o que é um galã de categoria científica... Parabéns pelo achado d'esta preciosidade rara. A graça e a alegria da sua idade precisava da aliança de uma razão grave e de um coração firme, como o d'este homem. É ele, entre quantos eu conheço, o mais perfeitamente destinado para fazer da minha querida menina uma grande e exemplar mulher.

Electra

Fará de mim o que ele quiser que eu seja. *(Com muita curiosidade)* Mas diga-me, sr. de Ronda, conheceu a primeira mulher de Máximo? Perdoe-me esta curiosidade, e não estranhe que eu deseje saber da vida toda do homem que amo.

Marquês

Não convivi com ela... Vi-a com Máximo uma ou duas vezes. Era uma vascongada, seca, vulgar, pouco inteligente, boa esposa para um lar tranquilo mas sem felicidade...

Electra

Os pais d'ele sim, conheceu-os muito?

Marquês

A mãe nunca a vi. Era uma senhora francesa, de alto mérito. Foi em moça uma das amigas de minha mulher. O pai, Lázaro de Yuste, conheci-o há trinta anos em Espanha e em França. Era homem muito inteligente, bem parecido, felicíssimo em negócios de minas, e não menos afortunado em negócios de amor. Era falado.

Electra

N'esse ponto não se parece com ele o filho, que é a austeridade em pessoa.

Marquês

De certo que sim. O seu futuro marido, minha querida Electra, é o modelo dos homens, e a honra de uma geração muito mais perfeita do que infelizmente foi a minha. Para que nada lhe falte, esse portentoso mágico até é rico... rico pelo que lhe deixou o pai e mais rico ainda pelo que herdou agora dos tios de França. Que mais quer? Peça por boca, e verá como Deus lhe responde: "Menina, não tenho mais que lhe dar."

Electra

(suspirando) Ai!... E agora, outra coisa... diga-me, meu querido Marquês: posso estar sossegada?

Marquês

Inteiramente.

Electra

Escuso de ter medo das pessoas...—já lhe disseram—das pessoas que se julgam com suficiente autoridade...

Marquês

Essas pessoas poderão talvez incomodar-nos passageiramente, enquanto nós não resolvermos encurtar-lhes os voos.

Electra

O sr. de Cuesta...

Marquês

Esse não é de cuidado. Ainda hoje lhe falei, e estou certo de que nos dará o seu mais convicto assentimento.

Electra

O sr. de Pantoja...

Marquês

Esse há de resmungar um pouco mais, e pretenderá fazer-nos ouvir as trombetas bíblicas para nos assustar; mas não lhe tenha medo.

Electra

Deveras?

Marquês

Não vale nada.

Electra

Não tenho de que me aterrar quando o encontre?

Marquês

Não mais que da importunidade de um mosquito.

Electra

Que alivio me dá! *(Com entusiasmo carinhoso)* Deus lhe pague! Deus o bem-diga, sr. de Ronda!

Marquês

(muito afetuoso) Deus será convosco.

CENA IV

OS MESMOS E URBANO, vindo de casa, de chapéu na cabeça

Urbano

Marquês, bons dias.

Marquês

Querido Urbano, posso falar consigo?

Urbano

Não lhe faz diferença depois da missa...? *(A Electra)* Então, rapariga, que vagares são esses? Está a tocar.

Electra

Só tenho que pôr o chapéu. Meio minuto, tio. *(Entra correndo em casa)*

CENA V

MARQUÊS E URBANO

Marquês

Temos de pôr dia para o casamento, e de fazer escritura de consentimento em regra.

Urbano

Será talvez melhor que você trate de tudo diretamente com minha mulher.

Marquês

Mas, meu amigo, chegou o momento de fazer frente a certas ingerências que anulam a sua autoridade de chefe de família.

Urbano

Meu caro de Ronda, peça-me você que altere, que transtorne todo o sistema planetário, que tire os astros d'aqui assim e que os ponha para acolá; mas não peça coisa nenhuma que seja contraria ao parecer de minha mulher.

Marquês

Homem, isso também lá me parece submissão de mais!... Eu pela minha parte insisto em que devo tratar este negócio particularmente com você e não com Evarista.

Urbano

Vamos à missa e depois falaremos.

Marquês

Pois vamos lá, eu também vou.

CENA VI

OS MESMOS, ELECTRA, EVARISTA E PANTOJA

Electra

(de chapéu, luvas, livro de missa) Pronta.

Urbano

Vamos. O Marquês vae conosco.

Evarista

(pelo fundo, à esquerda, seguida de Pantoja) Vão ligeiros.

Pantoja

Depressa, se querem chegar.

Evarista

O Marquês volta?

Marquês

Infalibilissimamente, minha senhora.

Evarista

Até logo. *(Saem Electra, o Marquês e Urbano pelo fundo, à esquerda)*

CENA VII

EVARISTA E PANTOJA, que com mostras de cansaço e desalento se atira para o banco da esquerda, primeiro plano.

Evarista

Entramos?

Pantoja

Perdão: deixe-me respirar por um momento. Na igreja abafava-se... com o calor, com o apertão de gente...

Evarista

Vou-lhe mandar vir alguma coisa fresca... *(chamando)* Balbina!

Pantoja

Não, obrigado.

Evarista

Uma taça de tília...

Pantoja

Também não. *(Na ocasião de Balbina sair, a senhora dá-lhe a mantilha, que acaba de tirar, e o livro de missa)*

Evarista

Não há motivo, enquanto a mim, para nos afligirmos tanto...

Pantoja

Não é, como querem dizer, o meu orgulho; é n'um ponto mais delicado e mais profundo que eu me sinto ferido. Nega-se-me a consolação e a glória de dirigir essa criatura e de a levar comigo pelo caminho do bem. E vejo com grande mágoa que você, tão afeta aos meus princípios, e que eu considerava uma fiel amiga e uma fervorosa aliada, me abandona na hora crítica.

Evarista

Perdoe-me, D. Salvador. Eu não o abandono. Estávamos inteiramente de acordo, com relação a Electra, em guardá-la por algum tempo—nunca se tratou de a encerrar para sempre—em S. José da Penitência, atendendo à disciplina e purificação d'aquela casa... Mas surge agora repentinamente esta inesperada veneta de Máximo, e eu não posso, realmente, não posso de modo nenhum recusar o meu consentimento... É uma loucura? será... Mas de Máximo, como homem de honrado e correto procedimento, que tem que dizer?

Pantoja

Nada. *(corrigindo-se)* Isto é: alguma coisa poderia talvez... Mas, por agora, o que unicamente digo é que Electra não está preparada para o casamento, não tem aptidão para eleger marido... Não reprovo em absoluto que se case, quando seja com um homem cujas ideias a não pervertam... Mas este ponto é para mais tarde... O essencial n'este momento é que essa tenra criatura entre quanto antes no sagrado asilo, onde nos cumpre estudar, com o tato mais subtil e mais carinhoso, a configuração do seu caráter, as suas predileções, as suas tendências, os seus afetos; e em vista do que observarmos, fundamentadamente e seguramente depois d'este prévio exame, resolveremos... *(Altaneiro)* Que há que dizer a isto?—pergunto eu agora.

Evarista

(acobardada) O que digo é que para esse plano... na realidade perfeito... eu não posso, não ouso oferecer-lhe a minha cooperação.

Pantoja

(com arrogância, passeando) De modo que, segundo os seus caridosos princípios, se Electra se quer perder, que se perca!... que importa?... Se ela quer condenar a sua alma, que a condene!... Que temos nós com isso?

Evarista

(com maior timidez, sugestionada) Perder-se! condenar-se! E está porventura na minha mão evitá-lo?

Pantoja

(com energia) Está.

Evarista

Oh! não... Não tenho a audácia de intervir... E com que direito?... Impossível, Salvador, impossível...

Pantoja

(afirmando mais a sua autoridade) Saiba, minha amiga, que o ato de apartar Electra de um mundo nefasto, em que por todos os lados a rodeiam apetites e voracidades ferozes, não é um despotismo: é o amor na expressão mais alta e mais pura do carinho paternal. Ainda por acaso ignora, Evarista, que o fim supremo e único da minha vida não é hoje outro senão o bem d'esta menina?

Evarista

(acobardando-se mais) Bem sei que é assim.

Pantoja

(com efusão) Eu amo Electra com um amor que as grosseiras palavras do homem não podem definir. Desde que os meus olhos a viram, a voz do sangue me bradou do mais fundo do meu ser que essa criatura me pertence... Quero tê-la, e devo tê-la, santamente, debaixo do meu domínio paternal... Quero que ela me ame como os anjos amam... que seja a pura imagem da minha crença, o límpido espelho do meu eterno ideal... que se reconheça obrigada a padecer por aqueles que lhe deram a vida, e purificando-se pela mortificação, nos ajude a nós, que fomos maus, a alcançar o perdão de Deus... Não compreende estas coisas, Evarista?

Evarista

(abatida) Compreendo-as e profundamente admiro a elevação do seu entendimento.

Pantoja

Menos admiração e mais eficácia em meu auxílio é o que lhe peço.

Evarista

Não posso... *(Senta-se chorosa e abatida)*

Pantoja

É bem natural que Electra lhe não mereça o mesmo interesse que tão profundamente me inspira a mim. *(Empregando suavidades de persuasão)* Convenho em que n'estes primeiros tempos lhe tenha de pesar algum tanto o seu brusco apartamento das alegrias mundanas, mas muito rapidamente se adaptará à doce paz, à venturosa quietação do claustro... Eu a dotarei amplissimamente. Tudo quanto tenho será para ela, para o esplendor da sua santa casa... Será nomeada Superiora, e sob a minha autoridade, e pelo meu conselho, governará a congregação... *(Com profunda comoção)* Que celestial ventura, meu Deus! Que felicidade para ela, e para mim! *(Fica-se como em êxtase)*

Evarista

Compreendo que por não aceder ao que deseja de mim eu privo talvez uma criatura de chegar ao estado mais perfeito da condição humana... Conhece bem os meus sentimentos, Salvador... Sabe com quanto prazer eu trocaria sem vacilar toda a opulência em que vivo pela glória de dirigir obscuramente uma modesta casa religiosa do maior trabalho e da maior humildade! Sempre o admirei pela sua larga proteção a S. José da Penitência, e subiu de ponto essa admiração quando soube que redobrou o seu auxílio desde a ocasião em que a minha pobre Eleutéria foi procurar n'esse instituto o esquecimento, a paz e o perdão dos seus erros de amor, como os de Magdalena. N'esse ato da vida do rico sr. de Pantoja se me revelou a espiritualidade mais pura a que se pode elevar um homem.

Pantoja

Sim: desde que a sua desventurada prima deu entrada n'aquele sagrado asilo, a minha proteção não somente se tornou mais positiva mas ainda mais espiritual. Nunca, nunca mais tornei a pôr os meus olhos em Eleutéria depois de convertida, porque de ninguém—nem de mim!—ela se tornou a deixar ver desde que lhe cortaram os cabelos e lhe botaram o escapulário. Mas eu ia quotidianamente à igreja; e invisível do coro, n'um recanto da nave, praticava em espírito com a penitente, considerando-a tão perfeitamente regenerada como eu próprio o estava. Morreu a infeliz aos quarenta e cinco anos da sua idade. Então obtive o consentimento de uma sepultura no interior do edifício. E desde esse dia não protegi mais a congregação, tornei-a inteiramente minha, porque n'ela repousavam debaixo da pedra de uma campa os restos d'aquela que eu amei. Juntara-nos o pecado, reunia-nos o arrependimento, ela na paz da morte, eu na tempestuosa provação da vida...

Evarista

E ainda agora aquele a que bem podemos chamar o senhor e o reformador do convento, todos os dias, sem exceção de um único, visita aquela santa casa e se ajoelha no cemitério humilde e docemente poético, onde as monjas dormem o sono eterno.

Pantoja

(vivamente) Sabia isso?

Evarista

Sabia... E que no claustro, silencioso e florido, entre loendros e ciprestes...

Pantoja

É certo... quem lh'o disse?

Evarista

...vagueia, como um propício fantasma da saudade, o sombrio fundador d'aquela casa, implorando de Deus o descanso d'ela e o seu.

Pantoja

Sim... Ali repousarão também os meus pobres ossos. *(Com veemência)* Quero, além d'isso, que assim como em espírito eu me não aparto por um só momento d'aquela casa, aí passe também, pelo tempo que for preciso, o espírito de Electra... Não a violentarei à vida claustral; mas se, experimentando essa existência, e apreciando o seu incomparável sabor, ela deliberasse persistir na clausura, eu acreditaria então que Deus me destinara para a mais inefável graça. Ali as cinzas adoradas da pecadora redimida; ali, na cândida alvura do seu hábito de noviça, a minha filha; ali eu, pedindo a Deus para elas a glória eterna. E na morte, o escondido e imperturbado repouso na mesma terra amada,—todos os meus amores comigo e todos nós em Deus...

Evarista

(com viva comoção) Perfeita grandeza, por certo... Idealidade incomparável.

Pantoja

Duvida ainda de que o meu pensamento seja o mais elevado? De que me não move nenhuma paixão ruim?

Evarista

Como quer que duvide?

Pantoja

Pois se com efeito lhe parece belo o meu plano, porque me não ajuda a realizá-lo?

Evarista

Porque me não considero com poderes para isso.

Pantoja

Nem assegurando-lhe eu que a reclusão de Electra terá um caráter provisório?

Evarista

Nem assim. Não, D. Salvador, não conte comigo... *(lutando com a sua consciência)* Reconheço toda a elevação, toda a formosura das suas ideias... D'elas sinto um eco suave e acariciador na minha própria alma. Mas—que quer, meu bom amigo—vivo no mundo em que Deus me colocou: tenho também para com este mundo deveres sagrados. Devo-me, com aqueles que me rodeiam, à vida social; e na vida da sociedade e da família o seu projeto é...

como lh'o direi, sem o magoar?... é uma anomalia angélica.

Pantoja

(dissimulando o seu enfado) Bem. Paciência... *(Passeia caviloso e sombrio)*

Evarista

(depois de uma pausa) Em que pensa? Desiste?

Pantoja

(com naturalidade e firmeza) Não, minha senhora.

Evarista

Qual então o seu projeto?

Pantoja

Não sei... Há de acudir-me uma ideia... Pensarei... *(Resolvendo-se)* Minha cara amiga, quer fazer-me o favor de escrever uma carta à superiora da Penitência?

Evarista

Dizendo-lhe...?

Pantoja

Que venha aqui imediatamente, com duas irmãs, n'uma carruagem.

Evarista

Porque lhe não escreve diretamente?

Pantoja

Porque tenho de acudir a outras coisas.

Evarista

Quer já?

Pantoja

O mais breve possível...

Evarista

Bem. *(Dirige-se para casa)*

Pantoja

Peço-lhe que mande a carta sem perda de tempo.

Evarista

(olhando do alto da escada para o jardim) Creio que eles aí vem.

Pantoja

Depressa a carta, minha cara amiga.

Evarista

Vae já... Deus nos inspire a todos. *(Entra em casa)*

Pantoja

Lá vou ter. *(À parte)* Que me não vejam! *(Esconde-se atrás do maciço da direita junto da escada)*

CENA VIII

PANTOJA, oculto; ELECTRA, URBANO, MARQUÊS, que voltam da missa—PATROS, que desce de casa.

Electra

(adiantando-se encontra-se com Patros junto da escada) Veio?

Patros

Não, senhorita. *(Ouve-se o canto afastado dos meninos que brincam no jardim)*

Electra

Morro de impaciência. *(Tira o chapéu e as luvas, que entrega a Patros com o livro de missa)* Vou brincar com os pequenos enquanto espero... Não... Vou apanhar flores. *(Colhe algumas no maciço da esquerda)*

Urbano

(a Patros) A senhora?

Patros

Em casa.

Marquês

Vamos ter com ela.

Urbano

Vamos a isso. *(Entram em casa. Patros segue-os)*

Electra

(admirando as flores que acaba de cortar) Que lindos, que graciosos rainúnculos! *(Pantoja aparece e Electra assusta-se ao vê-lo)* Ai!

CENA IX

ELECTRA E PANTOJA

Pantoja

Assim te assusto, minha filha?

Electra

É verdade... Não posso evitá-lo... Que quer? Bem sei que não devia, e que não tenho de que ter medo... Perdoe-me por quem é, D. Salvador... Vou jogar ao coro com os pequenos...

Pantoja

Um momento. Vais aos meninos para que eles te deem da sua alegria?

Electra

Não, hoje não; vou repartir com eles da que trasborda da minha alma. *(Afasta-se o canto de roda dos meninos)*

Pantoja

Já sei a causa d'essa grande alegria, já a sei...

Electra

Uma vez que sabe, não tenho então que lhe contar. Até logo sr. de Pantoja.

Pantoja

Ingrata! Concede-me um instante...

Electra

Um instantinho só?

Pantoja

Unicamente.

Electra

Bom. *(Senta-se no banco de pedra. Coloca a um lado as flores e vae escolhendo aquelas com que se touca, metendo-as no cabelo)*

Pantoja

Não sei por que tens reservas comigo sabendo quanto me interesso pela tua felicidade e pela tua vida...

Electra

(sem olhar para ele, atenta às flores) Pois, se o interessa a minha felicidade, alegre-se comigo: sou a criatura feliz.

Pantoja

Feliz hoje. E amanhã?

Electra

Amanhã mais feliz do que hoje... E sempre mais, sempre o mesmo!

Pantoja

A alegria verdadeira e constante, o gozo perene e indestrutível só existem no amor eterno, superior ás inquietações e às misérias humanas.

Electra

(adornado o cabelo, põe flores no seio e no cinto) Toca-me outra vez no antigo registro de que tenho de ser anjo... Sou uma pobre pessoazinha sumamente terrestre, D. Salvador. Deus fez-me para mulher, e botou-me a este mundo. Já vê que, se estou aqui, é porque ele não precisava de mim para o céu n'esta ocasião.

Pantoja

Há também anjos na terra, minha filha. Anjos são todos aqueles que no meio das desordens da matéria sabem viver a pura vida do espírito.

Electra

(mostrando o colo e o busto ornados de florinhas. Ouve-se mais perto o coro dos meninos) Que tal? não lhe pareço um anjo?

Pantoja

Pareces, e quero que o sejas.

Electra

Assim me adorno para divertir os meninos. Se visse a graça que eles me acham! *(Com uma triste ideia súbita)* Sabe com que eu me estou parecendo agora? Com um menino morto. Assim se enfeitam os meninos quando os levam a enterrar.

Pantoja

Para simbolizar a ideal beleza do céu para onde eles vão.

Electra

(arrancando as flores) Não, isso não, não quero parecer menina morta. Dá-me a ideia de que vem o sr. de Pantoja para me levar à sepultura!

Pantoja

Oh! eu não te quero enterrada. Quereria rodear-te de luz. *(Vae esmorecendo e cessa de todo o coro dos meninos)*

Electra

Também se põem luzes aos meninos mortos.

Pantoja

Não quero a tua morte, quero a tua vida; não a vida inquieta e vulgar, mas doce, livre, elevada, amorosa, com um eterno e puro amor divino.

Electra

(Confusa) E porque é que me deseja tudo isso?

Pantoja

Porque te quero muito, com um amor mais excelso que todos os amores humanos. Melhor compreenderás a grandeza d'este afeto, dizendo-te que para evitar-te a mais leve dor eu tomaria para mim os mais espantosos tormentos que se possam imaginar.

Electra

(estonteada, sem entender bem) É o cúmulo da abnegação uma coisa d'essas.

Pantoja

Considera agora quanto sofrerei por não poder evitar um desgostozinho, um dissabor, que te vou dar.

Electra

A mim?

Pantoja

A ti mesma.

Electra

Um desgosto?

Pantoja

Desgosto que mais me aflige por ter de ser eu que t'o cause.

Electra

(rebelando-se, levanta-se) Desgostos! Não os quero. Não os aceito. Guarde-os. Que ninguém hoje me traga senão alegrias!

Pantoja

(condoído) Bem quisera dar-t'as, mas não posso.

Electra

Que terror que tenho! *(Com súbita ideia que a tranquiliza)* Ah! já sei... Pobre D. Salvador!... É que me quer dizer mal de Máximo... Alguma coisa que lhe parece mal, mas que a mim me parece bem... Escusa de se cansar porque nem me convence nem o acredito. *(Precipitando-se na emissão das palavras sem dar tempo a que Pantoja fale)* Máximo é o maior e o melhor homem do mundo, é o primeiro, e todo aquele que me disser uma palavra contraria a esta verdade, mente, e detesto-o pela mentira, e detesto-o...

Pantoja

Por Deus, minha filha! Não te arrebates assim... Ouve. Eu não digo mal de ninguém, nem dos que me odeiam. Máximo é bom, é trabalhador, é inteligentíssimo... Que mais queres?

Electra

(satisfeita) Assim, continue assim... Vae dizendo muito bem.

Pantoja

Digo mais ainda: que podes amá-lo, que deves amá-lo...

Electra

(com alegria) Ah!

Pantoja

Amá-lo entranhadamente... *(Pausa)* A culpa não é d'ele, não é...

Electra

(assustada outra vez) Querem ver que ainda acaba por lhe atribuir maldades?

Pantoja

A ele não.

Electra

Então a quem? *(Recordando-se)* Ah! adivinho: o sr. de Pantoja e o pai de Máximo foram implacáveis inimigos. Também me disseram já que esse senhor de Yuste, honradíssimo nos seus negócios, foi, talvez, um pouco demais galanteador e mundanário... Mas que me importa isso?

Pantoja

Pobre inocente! não sabes o que dizes.

Electra

Digo que esse excelente homem...

Pantoja

Lázaro Yuste, sim... Ao nomeá-lo tenho de associar a sua triste memória à de uma pessoa que já não vive... muito querida de ti...

Electra

(compreendendo e não querendo compreender) De mim!

Pantoja

Que morreu, e a quem tu muito queres. *(Pausa. Olham um para o outro)*

Electra

(com terror e em voz apenas perceptível) Minha mãe! *(Pantoja faz um sinal afirmativo)* Minha mãe! *(Atônita, desejando e temendo uma explicação)*

Pantoja

Chegaram os dias de perdão. Perdoemos.

Electra

(indignada) Minha mãe, a minha pobre mãe! Não falam d'ela senão para a desonrar, para a denegrir... E ultrajam-a aqueles mesmos que a envileceram! Pudesse eu tê-los a

todos na mão para os desfazer, para os destruir, para não deixar d'eles nem uma migalha assim!

Pantoja

Terias que principiar por Lázaro Yuste.

Electra

O pai de Máximo!

Pantoja

O primeiro depravador da desgraçada Eleutéria.

Electra

Quem é que o diz?

Pantoja

Quem o sabe.

Electra

E... *(Fixam-se nos olhos. Electra não se atreve a expor a sua ideia)*

Pantoja

Triste de mim!... Não deveria falar-te d'isto. Dera para o esconder todos os dias que me restam de vida. Compreenderás que não podia ser... O meu amor por ti ordena-me que fale.

Electra

(angustiada) Meu Deus! e ter eu de ouvi-lo!

Pantoja

Disse eu que foi Lázaro Yuste...

Electra

(tapando os ouvidos) Não quero, não quero ouvir.

Pantoja

Tinha então tua mãe a idade que tens agora: dezoito anos...

Electra

Não acredito, não acredito...

Pantoja

Era uma jovem senhora encantadora, quase uma criança, que suportou com a mais corajosa dignidade o horror d'aquela vergonha...

Electra

(rebelando-se com energia) Cale-se! Cale-se!

Pantoja

A vergonha do nascimento de Máximo.

Electra

(apavorada, com o rosto demudado, recua cravando os olhos em Pantoja) Ah!

Pantoja

Procurando com discrição atenuar a afronta da sua vítima, Lázaro ocultou o menino e levou-o misteriosamente consigo para França.

Electra

A mãe de Máximo foi uma senhora francesa: Josephina Perret.

Pantoja

Mãe adoptiva.

Electra

(tapando os olhos com ambas as mãos) Divino Jesus! É o céu que desaba...

Pantoja

(condoído) Filha da minha alma, volve para Deus os teus olhos.

Electra

(demudada) É um sonho... Tudo o que estou vendo é ilusão, é mentira. *(Olhando espantadamente para uma parte e para outra)* Mentira estas árvores, esta casa, este céu... Mentira tu! tu! tu, que não existes, monstro d'um pesadelo horrível!... *(Com os punhos na cabeça)* Acorda, desgraçada, acorda!

Pantoja

(tentando sossegá-la) Electra, querida Electra! Pobre inocente!

Electra

(com um grito d'alma) Mãe, minha mãe!... A verdade, dize-me a verdade... *(Fora de si percorre a Cena)* Onde estás, mãe?... Quero a morte ou a verdade... Minha mãe! minha mãe!... *(Sai pelo fundo, perdendo-se na longínqua espessura das árvores. Ouve-se próximo o canto dos meninos jogando ao corro)*

CENA X

PANTOJA, URBANO, MARQUÊS, vindos de casa, à pressa. Depois d'eles BALBINA E PATROS

Urbano

Que é?

Marquês

Ouvimos gritar Electra.

Balbina

Foi a correr pelo jardim.

Patros

Por aqui. *(As duas criadas assustadas correm e internam-se no jardim)*

Marquês

(olhando por entre as árvores) Lá vae correndo... Continua a gritar... Pobre Electra! *(Adianta-se para o jardim)*

Urbano

Que foi isto?

Pantoja

Eu lh'o direi... Um momento... Providenciemos antes de mais nada...

Urbano

O quê?

Pantoja

(procurando coordenar as suas ideias) Deixe-me pensar... Trazê-la para casa já... Ir buscá-la... Vá!

Urbano

(olhando para o jardim) Lá está já o meu sobrinho...

Pantoja

(contrariado) Em que má hora!

Urbano

Correm para ele os meninos... Parece que o informam... Electra foge-lhe... Não o quer ver... Mete-se na gruta... O Marquês intervém... Pobre Máximo!

Pantoja

Vá! vá ter com eles!... Não deixe que Máximo intervenha...

Urbano

Que balburdia! *(Interna-se no jardim)*

Pantoja

Se eu pudesse... *(hesitante em ir e não ir)*

Balbina

(voltando pressurosa do jardim) Pobre menina! Chama aos gritos pela sua mãe... Sentou-se agarrada aos meninos à porta da gruta, e ninguém a tira d'ali...

Pantoja

E Máximo?

Balbina

Muito inquieto, sem saber o que há de fazer, como todos nós... Vou chamar a senhora...

Pantoja

Não, não vá. Já chegaram a senhora superiora e as irmãs de S. José?

Balbina

Já, sim senhor, chegaram agora.

Pantoja

Não diga nada à senhora. Vá para casa e espere por mim.

Balbina

Sim, senhor. *(Sobe para casa)*

Pantoja

(indeciso e como assustado) Não sei que faça... Pela primeira vez na minha vida hesito... Irei?... Esperarei aqui? *(resolvendo-se)* Vou. *(A poucos passos encontra-se com Máximo, agitado e colérico, que vem do jardim e o detêm)*

CENA XI

PANTOJA E MÁXIMO

Máximo

(ardentemente em toda a Cena) Alto!... Diz-me o Marquês de Ronda que d'aqui, depois de uma demorada conversação consigo, saiu Electra no delírio em que está.

Pantoja

(perturbado) Aqui... de certo... falamos... A senhorita Electra...

Máximo

Foi mordida pelo monstro.

Pantoja

Talvez... mas o monstro não sou eu. É um mais terrível, que se alimenta de fatos e que se chama a História. *(Querendo ir-se)* Adeus.

Máximo

(agarrando-o fortemente por um braço) Espere. Primeiro vae repetir aqui, já, imediatamente, o que foi que disse a Electra esse seu monstro da História...

Pantoja

(sem saber que dizer) Eu... convém assentar previamente que...

Máximo

Nada de preâmbulos... Quero aqui a verdade, concreta, exata, precisa... Electra foi ofendida de um modo tão profundo que lhe alterou a razão... Com que palavras, com que sugestões? Preciso de sabê-lo prontamente. Trata-se da mulher que é tudo para mim no mundo.

Pantoja

Para mim é mais: é o céu e a terra.

Máximo

Quero saber, n'este mesmo instante, que horrível maquinação foi esta, urdida por si, contra essa menina, contra mim, contra nós ambos eternamente unidos pela efusão das nossas almas. Com que baba se envenenou aquela a quem eu posso e devo chamar desde já a minha legítima mulher? Que responde?

Pantoja

Nada.

Máximo

(acomete-o explodindo em cólera) Pois por esse infame silêncio, máscara impudente e abjeta de um egoísmo tão grande que não cabe no mundo; por essa virtude não sei se falsa, se verdadeira, que da sombra desfere o raio que nos aniquila; *(agarra-o pela garganta e derriba-o no banco)* por essa doçura que envenena, por essa suavidade que estrangula, Deus te confunda, homem grande ou miserável réptil, águia, serpente, ou o que sejas!

Pantoja

(recobrando alento) Que brutalidade! que infâmia! que demência!

Máximo

Bem sei. Estou doido... *(Recompondo-se)* E quem é que dispõe assim do poder diabólico de desvirtuar o meu caráter, arrastando-me a esta cólera insensata, fazendo-me o estúpido agressor de um ente débil e mesquinho, incapaz de responder à força com a força?

Pantoja

(tomando aprumo) Com a força te respondo. *(Voltando à sua condição normal, exprimindo-se com serenidade sentenciosa)* Tu és a força do musculo, eu a força da alma. *(Máximo olha para ele, atônito e confuso)* Posso mais do que tu, infinitamente mais. Dúvidas?

Máximo

De que pode mais?

Pantoja

A ira sufoca-te, e cega-te o orgulho. Eu, injuriado e escarnecido, recobro a serenidade. Tu não. Tu tremes. Tu, que te julgas a força, tu, Máximo, tremes!

Máximo

É a ira. Não a provoque.

Pantoja

Nem a provoco nem a temo. *(Cada vez mais senhor de si)* Tu maltratas-me. Eu perdoo-te.

Máximo

Que me perdoa a mim! *(iracundo)* Mas é para o homicídio que assim me empurra!

Pantoja

(com serena e fria gravidade, sem jactância) Enfurece-te, grita, bate-me... Aqui me tens inabalável e indiferente... Não há força humana que me dobre nem poder nenhum da terra que me afaste do meu caminho. Injuria-me, fere-me, mata-me: não me defendo. O martírio não me repugna. Pode a violência destruir o meu pobre corpo, que nada vale. Mas o que está aqui *(na sua mente)* é indestrutível. Na minha vontade só um poder impera: o de Deus. E se a minha vontade se extinguir na morte, a ideia que sustento lhe sobreviverá, triunfante e eterna.

Máximo

Não pode ter ideias grandes quem não tem grandeza, nem piedade, nem ternura, nem compaixão.

Pantoja

O meu fim é mais alto que todos os raciocínios. Para ele me dirijo por qualquer caminho que se me depare.

Máximo

(aterrado) Por qualquer caminho!? Para ir para Deus não há senão um: o da Bondade Humana. *(Com exaltação)* Deus do céu! tu não podes permitir que ao teu reino se chegue por lobregas e tortuosas alfurjas, nem que à tua glória se suba calcando os corações que te amam... Não; Deus não permite isso. Ver tal absurdo seria ver toda a Natureza em ruína, toda a máquina do Universo destruída e aniquilada.

Pantoja

Estás ofendendo Deus com as tuas palavras blasfemas.

Máximo

Mais o ofendes tu com os teus atos sacrílegos.

Pantoja

Basta. Não disputo contigo. Não tenho mais que dizer-te.

Máximo

Não tem mais? Se ainda me não disse nada! *(Segura-o vigorosamente por um braço)* Vamos d'aqui ter com Electra, e, na presença d'ela, ou esclarece as minhas dúvidas e me tira da ansiedade horrível em que estou, ou aí morre, e morro eu, e morreremos todos três. Assim lh'o juro pela memória de minha mãe.

Pantoja

(depois de o encarar fixamente) Vamos. *(Ao darem os primeiros passos sai Evarista de casa)*

CENA XII

OS MESMOS, EVARISTA E PATROS. Atrás d'Evarista a superiora e as duas irmãs de S. José

Evarista

Que sucedeu, Máximo?... Que cólera é essa?

Máximo

É este homem que me enlouquece... Venha, tia, venha também conosco... *(Vendo a superiora e as irmãs, amedrontado)* Que mulheres são aquelas? Que querem essas senhoras? *(Chega Patros do jardim, correndo)*

Patros

(pesarosa, choramingando) Minha senhora, a senhorita enlouqueceu... Corre, foge, desaparece, chamando em gritos por sua mãe... Não quer que a consolem... não ouve, não vê ninguém, não conhece ninguém!

Evarista

(caminhando para o jardim) Filha da minh'alma!

Máximo

(olhando para o jardim) Aí vem. *(Larga Pantoja e dirige-se a ela)*

Patros

O senhor e o sr. Marquês conseguiram convencê-la e trazem-a para casa... *(Aparece Electra conduzida pelo Marquês e por Urbano. Junto d'eles, Máximo. Ao ver os que estão em Cena Electra opõe alguma resistência. Suave e carinhosamente a obrigam a aproximar-se. Traz o cabelo e o seio adornado de florezinhas)*

CENA XIII

ELECTRA, MÁXIMO, EVARISTA, PANTOJA, URBANO, MARQUÊS E PATROS (Conservam-se na Cena a superiora e as irmãs)

Evarista

Deliras, minha pobre filha!

Máximo

Ouve, minh'alma, vem, escuta. O meu carinho será a tua razão.

Electra

(afasta-se de Máximo com um movimento de pudor. O seu delírio é sereno, sem gritos, sem risadas. Manifesta-o com uma acentuação de dor resignada e melancólica) Não te aproximes. Não te pertenço. Já não sou tua.

Máximo

Porque me foges? para onde vais sem mim?

Pantoja

(que passou para a direita, junto de Evarista) Para a eterna verdade, para a inalterável paz.

Electra

Vou por minha mãe. Sabem onde está minha mãe?... Vi-a no coro dos meninos... Foi depois até a mimosa que está à entrada da gruta... E eu a segui-la sem a alcançar... Olhava para mim e fugia... *(Ouve-se ao longe o canto dos meninos)*

Marquês

Aqui está Máximo... Olhe... É o seu noivo.

Máximo

(vivamente) Serei o teu marido... Ninguém se opõe, e não há força nenhuma que o empeça, Electra, minha vida.

Electra

(impondo silêncio) Quem fala aqui de noivos e noivas? Quebradas as festas do noivado: não há boda... Que tristeza a da minha alma!... Só há padres com tochas a rezar por defuntos... Que grande é o mundo, e que só que está! que vazio!... Acima da terra, pelo céu, passam nuvens negras, que são ilusões, as ilusões que foram minhas e não são de ninguém agora... as ilusões sem dono!... Que solidão!... Tudo escurece, tudo chora... Vae acabar o mundo... vae acabar. *(Com arrebatamento de medo)* Quero fugir, quero-me esconder. Não quero padres, não quero tochas, não quero ofícios... Quero ir para a minha mãe... Onde m'a enterraram?... Levem-me à pedra da sua campa,

e ali juntas, nós ambas, minha mãe e eu, lhe direi as penas da minha alma, e ela me dirá verdades... verdades!

Pantoja

(à parte, a Evarista) É a ocasião. Aproveitemo-la.

Evarista

Vem, minha filha, nós te levaremos à quietação e à paz.

Máximo

Não: o descanso e a razão estão aqui. Electra é minha... *(Evarista procura levá-la)* Exijo-a.

Electra

Adeus, Máximo... Já te não pertenço: pertenço à minha dor... A minha mãe chama-me para o seu lado... *(Extática, ansiosa, prestando uma atenção intensíssima)* Ouço-lhe a voz...

Máximo

A voz!

Electra

Silêncio, que me chama! *(delirando de alegria)* que está chamando por mim!

Evarista

Torna a ti, meu amor!

Electra

Não ouviram? Não ouvem?... Lá vou, mamãezinha, lá vou! *(Corre para o alto da escada)* Vamo-nos! *(A Máximo, que quer segui-la)* Eu só... É por mim só que chama. Tu não... Para estar sozinha comigo... Não ouves a voz d'ela dizendo: Eleectra! Eleeeectra!... Vou vê-la, vou falar-lhe... *(Vae entrando na casa com Evarista e Pantoja)*

Máximo

Que iniquidade e que horror! Para m'a roubarem, enlouqueceram-na. *(Quer desprender-se dos braços de Urbano e do Marquês)*

Marquês

(contendo-o) Não enlouqueças também tu.

Urbano

Sossega!

Marquês

Descansa, que eu te asseguro que a recobraremos!

Máximo

Amarrem-me! Levem-me manietado para a solidão, para a ciência, para a verdade. Este mundo incerto, mentiroso e iníquo, não é para mim!

FIM DO QUARTO ATO

ATO QUINTO

Sala do locutório em S. José da Penitência. Portas laterais. Ao fundo uma grande janela d'onde se vê o claustro.

CENA I

EVARISTA E SOROR DOROTHEA

Evarista

(entrando com a freira) D. Salvador...?

Dorothea

Chegou há um momento: está no escritório com a superiora e com a madre escrivã.

Evarista

Então Urbano lá irá ter com ele... Enquanto esperamos, dê-me notícias de Electra... Foi muito feliz a escolha que fizeram de si, irmã Dorothea—tão simpática e tão doce—para a acompanhar, para viver com ela, para ser a sua amiga e a sua confidente...

Dorothea

Electra não me quer mal, e é talvez certo que por essa razão algum tanto contribuirei para a sossegar.

Evarista

(aponta para a cabeça) E como está ela de...?

Dorothea

Bem. Recuperou inteiramente a razão, e não tem nenhum vestígio de delírio, a não ser ainda aquela ideia fixa de querer ver a mãe, de lhe falar, de ter d'ela a solução das suas dúvidas. Todo o tempo que tem livre das obrigações religiosas, e todo o que pode alcançar, o passa no pátio do nosso cemitério, e na horta contigua; e tanto aí como no dormitório, sempre a mesma preocupação a absorve.

Evarista

E lembra-se de Máximo? fala d'ele?

Dorothea

Fala: mas nas suas meditações e nas suas rezas a ideia que mais acaricia é de poder amá-lo como um irmão, e, pelo que ainda hoje me disse, espera consegui-lo.

Evarista

Mas é uma ideia apenas! É preciso que a essa ideia se associe o coração... E bem poderia ser que assim sucedesse se a desgraça de antes d'ontem não viesse alterar o seguimento dos fatos...

Dorothea

Uma desgraça!...

Evarista

Morreu o nosso velho amigo D. Leonardo Cuesta...

Dorothea

Não sabia...

Evarista

Que imensa tristeza para todos nós! Há dias que se sentia mal, e pressagiava o seu fim. Saiu na segunda feira muito cedo, e na rua perdeu os sentidos. Levaram-o para casa, e às três horas da tarde estava morto.

Dorothea

Pobre senhor!

Evarista

No testamento nomeia Electra herdeira de metade da sua grande fortuna...

Dorothea

Ah!

Evarista

Mas coma expressa condição de que ela abandone a vida religiosa. Sabe se D. Salvador já terá conhecimento d'isto?

Dorothea

Suponho que sim, porque ele tem conhecimento de tudo, e adivinha o que não conhece.

Evarista

E é verdade!

Dorothea

(vendo chegar Urbano) O sr. D. Urbano.

CENA II

AS MESMAS E URBANO

Evarista

Falaste-lhe?

Urbano

Sim. Deixei-o a trabalhar no escritório, com um tino, com uma fixidez d'atenção, que me assombram. Que homem!

Evarista

Já teve notícia das últimas disposições do pobre Cuesta?

Urbano

Já.

Evarista

Está contrariado?

Urbano

Se está não o mostra. Bem sabes que nem nos casos mais difíceis ele deixa transparecer as suas comoções...

Evarista

(interrompendo-o com entusiasmo) É um espírito d'águia, que paira acima de todas as tempestades da terra.

Urbano

Interrogando-o a respeito das esperanças que tinha de conservar Electra no convento, respondeu-me singelamente com uma serenidade pasmosa: "Confio em Deus".

Evarista

Que grandeza d'alma! E sabe que Máximo e o Marquês são os testamenteiros?

Urbano

Sabe mais. Recebeu ao meio dia uma carta d'eles anunciando-lhe que virão esta tarde, acompanhados d'um tabelião, inquirir a menina, para que declare se aceita ou se renuncia a herança.

Evarista

E à vista d'essa comunicação...?

Urbano

Nada: imperturbável, como sempre, repetindo a sua conhecida formula, que o pinta n'um traço: "Confio em Deus".

CENA III

OS MESMOS, MÁXIMO E O MARQUÊS (pela esquerda)

Marquês

Esperaremos aqui.

Máximo

(vendo Evarista) Adeus, tia. *(Saúda-a com afeto)*

Evarista

(respondendo ao cumprimento do Marquês) Então, Marquês... Há finalmente esperanças de ganhar a batalha?

Marquês

Não sei... Lutamos com fera de muito ardil.

Evarista

E a ti, Máximo, que te parece?...

Máximo

Que estamos em frente d'um terrível mestre consumado no embuste. Mas eu confio em Deus.

Evarista

Também tu...?

Máximo

Naturalmente: em Deus confia todo aquele que crê na verdade. Combatemos pela verdade. Como poderíamos supor que Deus nos abandone? Não poderia ser, querida tia.

Urbano

Não viste Electra quando atravessaste os claustros?

Máximo

Não vi.

Dorothea

(aproximando-se da janela) Vae passar agora. Vem do cemitério.

Máximo

(correndo para a janela com Urbano) Que triste! e que bela! A brancura do hábito dá-lhe o aspecto aéreo de uma aparição. *(chamando-a)* Electra!

Urbano

Cala-te.

Máximo

Não posso. *(Volta a olhar)* É então certo que vive... É ela que vae ali na sua realidade primorosa, ou é uma imagem mística que se despegou d'um retábulo d'altar para andar pela terra?... Lá volta para traz... levanta os olhos para o céu... Se a visse diluir-se no ar, dissipando-se como uma sombra, não me admiraria... Põe os olhos no chão... Para... Em que estará pensando? *(Continua a contemplar Electra)*

Marquês

(que ficou no proscênio com Evarista) ...Sim, minha senhora: falso, falsíssimo!

Evarista

Olhe o que afirma, Marquês...

Marquês

Afirmo que ou o venerável D. Salvador se equivoca, ou que disse, sabendo-o, o contrário da verdade, movido de razões e fins, que não penetram as nossas limitadas inteligências.

Evarista

É impossível, Marquês... Faltar à verdade um homem tão justo, de tão pura consciência, de ideias tão altas!

Marquês

E quem nos diz, minha cara amiga, que nos arcanos d'essas consciências exaltadas não há uma lei moral, cujas subtilezas estão longe do nosso mesquinho alcance? Há absurdos na vida do espírito como os há na natureza, onde vemos inúmeros fenômenos cujas causas não são as que se figuram.

Evarista

Não: não posso crer! Há talvez casos em que a mentira aplana o caminho do bem. Mas não estamos n'um caso d'esses... Eu por mim, não acredito.

Marquês

Para que possa formar o seu juízo, ouça o que lhe vou dizer. A Marquesa, Virginia, assegura-me que de Josephina Perret—sem que n'isto possa haver mistificação nem equivoco—nasceu este homem que aí está... E Evarista, amiga intima de Josephina Perret, prova e demonstra esse fato da maneira mais simples, mais clara e mais positiva. Além d'isso, eu mesmo pude comprovar que Lázaro Yuste viveu longe de Madrid desde 1863 até 1866.

Evarista

Com tudo isso, Marquês, não posso convencer-me de que...

Marquês

(vendo entrar Pantoja pela direita) Aí vem ele.

Máximo

(descendo ao proscênio) Chega o abutre.

Dorothea

Se me dão licença retiro-me. *(Sai pela esquerda. Pantoja permanece um instante junto da porta)*

CENA IV

EVARISTA, MÁXIMO, URBANO, MARQUÊS E PANTOJA

Pantoja

(adiantando-se vagarosamente) Meus senhores, desculpem-me tê-los feito esperar.

Máximo

Prevenido do objeto da nossa visita, creio que será inútil expô-lo...

Marquês

(benignamente) Não o repetiremos para não mortificar o sr. de Pantoja, que deve a estas horas considerar perdida a sua inútil campanha.

Pantoja

(sereno, sem jactância) Eu não perco nunca.

Máximo

Será adiantar muito.

Pantoja

E asseguro que Electra, tendo aprendido já a desprezar os bens da terra, não aceitará o legado.

Evarista

Já vês que este homem não se rende.

Pantoja

Não me rendo... nunca, nunca.

Máximo

Estou vendo. *(Sem poder dominar-se)* É então preciso matá-lo?

Pantoja

Venha a morte.

Marquês

Não chegaremos a tanto.

Pantoja

Cheguem onde queiram. Hão de encontrar-me sempre impassível e estável, no meu posto.

Marquês

Confiamos na lei.

Pantoja

Eu em Deus. E digo aos representantes da lei que Electra, adaptando-se facilmente a esta vida de pureza, libando já as doçuras inefáveis da oração e da paz em Deus, não abandonará esta santa casa.

Máximo

(impaciente) Podemos falar-lhe?

Pantoja

N'este momento, precisamente, não.

Máximo

(querendo protestar) Oh!

Pantoja

Sossegue.

Máximo

Não posso.

Evarista

É a hora do coro. Quer D. Salvador dizer, por certo, que depois da hora...

Pantoja

Está claro que sim. E para que se convençam de que nada temo, podem trazer além do tabelião, o sr. delegado do governo. Mandarei abrir a portaria... Permitirei que falem enquanto queiram com Electra. E se depois d'isso ela quiser sair, que saia...

Marquês

Cumprirá o que diz?

Pantoja

Como não? se é em Deus unicamente que confio.

Marquês

Voltaremos logo. *(Toma o braço de Máximo)*

Pantoja

E nós para a igreja. *(Saem Urbano, Evarista e Pantoja)*

CENA V

MARQUÊS E MÁXIMO, que percorre a Cena muito agitado, impaciente, receoso

Marquês

Que diz a isto, Máximo?

Máximo

Que este homem, de tão superior talento para fascinar os débeis e para zombar dos fortes, nos enlouquecerá a todos. Eu não sou para isto. Em lutas de tal ordem, vontade contra vontade, sinto-me arrastado à violência.

Marquês

E que faz tenção de fazer?

Máximo

Levá-la embora. A bem ou a mal. Por vontade ou à força. Se não tiver bastante poder para isto, adquiri-lo, comprá-lo; trazer amigos, cumplices, um esquadrão, um exército... *(Com crescente fervor)* Renascem em mim os rancores dos antigos bandos, com toda a ferocidade romântica do feudalismo.

Marquês

Assim pensa, e assim o diz, um homem de ciência!

Máximo

Os extremos tocam-se. *(Exaltando-se mais)* Para esse homem, para esse monstro não há argumentos, não há raciocínios... É preciso matá-lo.

Marquês

Nem tanto, nem tanto, meu querido! Imitemo-lo, sejamos como ele astutos, insidiosos, perseverantes.

Máximo

(com brio e eloquência) Não: sejamos como eu... sinceros, claros, valorosos. Marchemos de cabeça alta e de cara descoberta para o inimigo. Destruamo-lo, ou deixemo-nos destruir por ele... Mas d'uma vez, de uma só investida, de um só golpe... Ou ele ou nós.

Marquês

Não, Máximo. Temos de ir com tento. Temos de respeitar a ordem social em que vivemos.

Máximo

A ordem social em que vivemos envolve-nos em uma rede de mentiras e de argucias, e n'essa rede morreremos estrangulados, sem defesa alguma... presos de garganta, e de pés e mãos, nas malhas de milhares e milhares de leis capciosas, de vontades fraudulentas, aleivosas, subornadas, corrompidas.

Marquês

Sossega. Preparemo-nos para o que esta tarde nos espera. Temos de prever os obstáculos para pensar com tempo no modo de os vencer... Que sucederá quando dissermos a Electra que a mãe do seu noivo é com efeito e fora de toda a dúvida Josephina Perret e não Eleutéria Dias?

Máximo

Que há de suceder? Que não o acreditará, porque na sua mente se petrificou o erro e será já tarde para o desarraigar. Pois não se sabe o que pode a sugestão contínua? O que pode o insinuante e invasivo ambiente de uma casa como esta sobre as ideias dos que a habitam?

Marquês

Empregaremos meios eficazes.

Máximo

(com violência) Quais? Deitar fogo ao convento, deitar fogo a Madrid...

Marquês

Não divagues. Se Electra não quiser sair, levá-la-emos à força.

Máximo

(muito vivamente até o fim) Ou uma força triunfante, ou uma desesperação de vencido... morrer eu, morrer ela, morrermos todos.

Marquês

Morrer não. Vivamos todos, e preparemo-nos para a pior solução. Tenho uma chave para entrar no claustro pela Rua Nova, e a irmã Dorothea pertence-me... Caluda!

Máximo

Violência!

Marquês

Subtileza e astúcia!

Máximo

Adiante, de pronto, e pelo caminho direito!

Marquês

Não, homem, de vagar, com jeito, e pelo atalho enesgado! *(Tomando-lhe o braço)* E vamo-nos d'aqui, que estamos a tornar-nos suspeitos... *(Levando-o)*

Máximo

Sim, vamo-nos.

Marquês

Confia em mim.

Máximo

Confio em Deus.

MUTAÇÃO

Claustro de S. José da Penitência. À direita uma asa da igreja, com frestões envidraçados, pelos quais transluz a claridade interior. À esquerda grande portada por onde se passa a outro claustro, que se supõe comunicar com a rua. Ao fundo, entre a igreja e as construções da esquerda, grande arco abatido, para lá do qual se vê em último plano o cemitério da congregação. É noite escura.

CENA VI

ELECTRA E SOROR DOROTHEA

Dorothea

Tão certo como ser noite, vieram dois sujeitos ao convento com propósito de te arrancar d'aqui e de te levar para o mundo. Não o crês?

Electra

Sem que me digas quem são, o meu coração o adivinha: Máximo e o Marquês de Ronda... Se é certo que projetam levar-me é enorme a perturbação que me causam. Desde que entrei n'esta santa casa empreendi, como sabes, a grande batalha do meu espírito. Procuro, humildemente e com a ajuda de Deus, transformar em amor fraternal o amor de uma natureza bem diversa que arrebatou a minha alma... Converter o ardente fogo do sol numa fria claridade da lua... O constante meditar, lento mas progressivo, o desmaio do coração, e as ideias submissas e doces que Deus me envia vão-me dando forças para vencer.

Dorothea

Querida irmã, se em ti sentes a fortaleza d'esse novo amor, porque tens medo de te encontrar com D. Máximo de Yuste?

Electra

Porque, vendo-o, sinto que todo o terreno ganho o perderia n'um só instante.

Dorothea

(incrédula) E achas, em tua verdade, que tenhas algum terreno ganho?...

Electra

Oh! sim, algum... não muito por enquanto.

Dorothea

Talvez, irmã Electra, que o ver essa pessoa te demonstre se efetivamente podes...

Electra

(vivamente) Oh! não m'o digas, que não posso!... No estado em que me sinto, n'este princípio de luta, se o visse, se o ouvisse, eu perderia toda a esperança de paz... Não vês que em minha consciência eu me estou debatendo contra dois impossíveis: não poder amá-lo como esposo; não poder amá-lo como irmão? *(Aterrada)* Que suplício, meu Jesus!... Para o mundo não, não... Prefiro estar aqui, n'esta solidão de morte, n'este laboratório da minha alma, junto do cadinho divino, em que estou fundindo um viver novo.

Dorothea

Não esperes que as tuas ideias te deem a paz. Confia em Deus e n'aqueles que Deus te envia... *(Resolvendo-se a falar mais claramente)* Não te amedrontes assim perante o que supões teu irmão. Alguém talvez negará que o seja.

Electra

(em grande excitação) Cala-te! Cala-te! Em assumpto de tão grande melindre toda a palavra que não contenha a certeza é inútil e cruel... Pôde levar-me à loucura. O que eu peço a Deus é a morte, ou a verdade inteiramente indubitável e definitiva.

Dorothea

Sossega, pobre Electra...

Electra

(exaltando-se cada vez mais) Todas as confusões que me atormentaram ao vir para aqui estão renascendo no meu espírito... Atropelam-se-me no pensamento anjos e demônios... Deixa-me... Eu quero fugir de mim mesma... *(Corre a Cena em grande agitação. Soror Dorothea segue-a procurando acalmá-la)*

Dorothea

Tranquiliza-te, por Deus!... Esse tormento vae ter fim. *(Olha com ansiedade para a porta da esquerda)*

Electra

(parecendo-lhe ouvir uma voz longínqua) Ouve... Minha mãe que me chama.

Dorothea

Não delires... Outras vozes, vozes de pessoas vivas, te chamarão.

Electra

É minha mãe... Silêncio!... *(Escutando. Entra Pantoja pela direita)*

CENA VII

ELECTRA, PANTOJA E DOROTHEA

Pantoja

Minha filha, como saíste da igreja sem que eu te visse?

Dorothea

Saímos para respirar ao ar livre. Electra asfixiava. *(À parte)* Aproxima-se a hora... Deus nos ajude!

Pantoja

Sentes-te mal, minha filha?

Electra

(com voz assustada e sumida) A minha mãe chama por mim.

Pantoja

(pegando-lhe carinhosamente na mão) A doce voz da tua mãe, falando-te em espírito te dará conforto, prendendo-te

com piedade e amor a este sagrado refúgio. *(Ouve-se passando na igreja o coro das noviças)* Ouve, Electra... É a voz dos anjos que te chamam do céu.

Electra

(delirante) É o coro dos meninos a brincar. E entre essas vozes ternas, distingo a de minha mãe chamando-me da sepultura.

Pantoja

Estás alucinada. É o divino coro dos anjos.

Electra

Não, não há anjos... Ouço o meu nome, ouço o bulício dos meninos, que revolve toda a minha alma. São os filhos dos homens que fazem a alegria da vida. *(Continua a ouvir-se mais apagado o coro das noviças)*

Pantoja

(inquieto) Irmã Dorothea, diga à irmã porteira que vigie a porta da Rua Nova e a da Ronda. *(À esquerda e à direita)*

Dorothea

Sim, meu senhor...

Pantoja

Mas não; irei eu mesmo... Não me fio de ninguém... Vou eu mesmo vigiar todo o claustro, todas as passagens, todos os recantos da casa. *(Assustado, julgando ouvir ruído)* Escute... Não ouviu?

Dorothea

Quê?... Não ouvi nada... É ilusão.

Pantoja

Pareceu-me ouvir um rumor de vozes... e bater n'uma porta ao longe. *(Escuta)*

Dorothea

De que lado? *(Olhando para o fundo à direita)*

Pantoja

Na direção da enfermaria... Não estou sossegado... Quero ver eu mesmo... Electra, volta para a igreja... Leve-a, irmã Dorothea... Esperem-me lá... *(Dando-lhes pressa)* Andem... *(Acompanha-as até à porta da igreja. Sai pressuroso, inquieto, pelo fundo, à direita. Dorothea vê-o afastar-se, pega na mão de Electra, e vivamente volta com ela ao centro da Cena. Electra, sem vontade, deixa-se levar)*

CENA VIII

ELECTRA E SOROR DOROTHEA

Dorothea

Vem comigo... Para a igreja não.

Electra

Aqui... Deixa-me respirar, deixa-me viver.

Dorothea

(aparte, inquieta) É a hora dada pelo Marquês de Ronda... Aproveitemos os minutos, os segundos, ou tudo está perdido. *(Olhando para a esquerda)* Vou dar-lhes entrada para este claustro... *(Alto)* Irmã Electra, espera-me aqui.

Electra

(assustada) Onde vais? *(Pega-lhe no braço)*

Dorothea

(com decisão, defendendo-se) Tratar de ti, dar-te a saúde e dar-te a vida... Prepara-te para sair d'este sepulcro, e leva-me contigo.

Electra

(trêmula) Irmã Dorothea... não me deixes.

Dorothea

Este momento decide da tua sorte... Volverás ao mundo... verás Máximo.

Electra

Quando?

Dorothea

Já... Vais vê-lo entrar por ali... *(Esquerda)* Ânimo!... Não me estorves... Não te movas d'aqui. *(Sai correndo pela esquerda)*

Electra

Meu Deus! Virgem Santíssima!... Será certo?... Por aqui... por aqui virá... *(Julga ver Máximo na escuridão)* Ah! é ele... Máximo! *(Falando como em sonhos, desviando-se como d'um ser real)* Para... Deixa-me... Não posso amar-te como irmão, não posso... Está no fogo o cadinho em que quero fundir um coração novo... Não vês que não posso levantar os olhos para ti?... Para que me fitas d'esse modo, se me não podes levar contigo?... É aqui que eu procuro a verdade. Minha mãe chama por mim... *(Com acento desesperado)* Mãe! mãe! *(Volta-se de frente para o fundo. Ao soarem as últimas palavras de Electra, aparece a sombra de Eleutéria, formosa figura em hábito de monja. Electra de costas para o público, contempla-a com os braços cruzados no peito)* Oh! *(Grande pausa)*

CENA IX

ELECTRA E A SOMBRA DE ELEUTÉRIA, que vagamente se destaca na obscuridade do fundo. Electra adianta-se para ela. Ficam as duas figuras frente a frente, à menor distância possível uma da outra.

A Sombra

Sou a tua mãe, e venho a aplacar a angústia do teu coração amante. A minha voz dará à tua consciência a paz. Nenhum vinculo da natureza te prende ao homem que te escolheu por mulher. O que te disseram foi uma ficção carinhosa destinada a trazer-te à nossa companhia e à doçura d'esta santa casa.

Electra

Oh! mãe adorada, que consolação me dás!

A Sombra

Dou-te a verdade, e com ela a fortaleza e a esperança. Aceita, minha filha, como provação em que se retemperou a força da tua alma, esta reclusão transitória, e não maldigas quem a promoveu... Se o amor conjugal e as alegrias da família solicitam a tua alma deixa-te de boamente levar da suavidade d'essa atração, e não procures aqui uma santidade que não é para ti. Deus está em toda a parte... Eu não pude encontrá-lo fora d'este abençoado refúgio... Procura-o tu no mundo por vereda diferente d'aquela em que eu me perdi... *(A sombra cala-se e desaparece no momento em que se ouve a voz de Máximo)*

CENA ÚLTIMA

ELECTRA, MÁXIMO, MARQUÊS, PANTOJA E SOROR DOROTHEA

Máximo

(à porta da esquerda) Electra!

Electra

(correndo para ele) Ah!

Pantoja

(pela direita) Minha filha, onde estás?

Marquês

Conosco.

Máximo

Comigo.

Pantoja

Foges-me, Electra?

Máximo

Não foge... Ressuscita.

FIM

O AUTOR:

Benito Pérez Galdós, (1843 — 1920), escritor que foi considerado o maior romancista espanhol desde Miguel de Cervantes. Sua enorme produção de romances contando a história e a sociedade da Espanha do século 19 valeu-lhe a comparação com Honoré de Balzac e Charles Dickens.

Nascido em uma família de classe média, Pérez Galdós foi para Madri em 1862 para estudar direito, mas logo abandonou os estudos e se dedicou ao jornalismo. Após o sucesso de seu primeiro romance, *La fontana de oro* (1870; "A Fonte de Ouro"), ele começou uma série de romances que recontam a história da Espanha, desde a Batalha de Trafalgar (1805) até a restauração dos Bourbons na Espanha (1874) Todo o ciclo de 46 romances viria a ser conhecido como *Episodios nacionales* (1873–1912; "Episódios Nacionais"). Nessas obras, Galdós aperfeiçoou um tipo único de ficção histórica que se baseava em pesquisas meticulosas usando memórias, artigos de jornais antigos e relatos de testemunhas oculares. Os romances resultantes são relatos vívidos, realistas e precisos de eventos históricos, como devem ter parecido aos participantes deles. A ocupação napoleônica da Espanha e as lutas entre liberais e absolutistas que precederam a morte de Fernando VII em 1833 são tratadas, respectivamente, nas duas primeiras séries de dez romances cada, todas compostas na década de 1870.

Nas décadas de 1880 e 90, Pérez Galdós escreveu uma longa série de romances que tratam da Espanha contemporânea, começando com *Doña Perfecta* (1876). Conhecidos como *Novelas españolas contemporáneas* ("Romances Espanhóis Contemporâneos"), esses livros foram escritos no auge da maturidade literária do autor e incluem algumas de suas melhores obras, notadamente *La desheredada* (1881; A Senhora Deserdada) e sua obra-prima, o romance em quatro volumes *Fortunata y Jacinta* (1886-87), um estudo de duas mulheres casadas infelizes de diferentes classes sociais. Os romances anteriores de Pérez Galdós na série mostram um zelo liberal reformista e uma oposição intransigente ao clero onipresente e poderoso da Espanha, mas depois da década de 1880 ele demonstrou uma aceitação tolerante das idiossincrasias da Espanha e uma maior simpatia por seu país. Demonstrou um conhecimento fenomenal de Madrid, da qual se revelou o cronista supremo. Ele também demonstrou uma compreensão profunda da loucura e dos estados psicológicos anormais. Pérez Galdós gradualmente passou a admitir mais elementos de espiritualidade em sua obra, eventualmente aceitando-os como parte integrante da realidade, como evidenciado nos importantes romances tardios *Nazarín* (1895) e *Misericordia* (1897; Misericórdia).

Dificuldades financeiras levaram Pérez Galdós em 1898 a começar uma terceira série de romances (cobrindo as guerras carlistas da década de 1830) nos *Episodios nacionales*, e ele acabou escrevendo uma quarta série (cobrindo o período de 1845 a 1868) e começou um quinto, de modo que em 1912 ele trouxe sua história da

Espanha até 1877 e recontou eventos dos quais ele mesmo havia sido uma testemunha. Os livros da quinta série, no entanto, e seus últimos trabalhos mostraram um declínio nos poderes mentais agravado pela cegueira que o atingiu em 1912.

Pérez Galdós também escreveu peças, algumas das quais foram imensamente populares, mas seu sucesso se deveu em grande parte às visões políticas apresentadas nelas, e não ao seu valor artístico.

www.ingramcontent.com/pod-product-compliance
Lightning Source LLC
LaVergne TN
LVHW091152150826
845672LV00005B/1122

* 9 7 9 8 4 9 1 3 2 1 8 9 6 *